北神伝綺

大塚英志

presented by Eiji Otsuka

星海社

目次

主な登場人物

兵頭《ひょうどう》北神《ほくしん》　柳田國男の元弟子。「裏」の民俗学者。

柳田《やなぎた》國男《くにお》　日本民俗学の父。

滝《たき》子《こ》　北神の恋人。

立花《たちばな》弘毅《こうき》　東京朝日新聞の記者。

緒方《おがた》威彦《きみひこ》　陸軍憲兵中尉。

伊藤《いとう》晴雨《せいう》　責め絵師。

竹久《たけひさ》夢二《ゆめじ》　抒情画家。

魔《ま》子《こ》　山人の血をひく少女。

神戸の叔母さん　娼館の女主人。

装画　森美夏
装丁　円と球
フォントディレクション　紺野慎一

Hoku — Shin — Denki

北神伝綺

大塚英志

presented by
Eiji Otsuka

〈1〉昼ムカシ

アパートの窓から麒麟《きりん》が見える。

春になると麒麟は姿を見せる。高い塀《へい》から首をひょいと伸ばし、並木の桜の花をもしゃもしゃと食べるのだ。最初に麒麟を見た時、私は当然困惑した。ただし麒麟がそこにいることにではない。自分が見えないものを見てしまっている、ということに対してだ。子供の頃からクラスには見えないものが見える、と主張する子供が必ずいた。TVや雑誌に出てくる有名な人にもやはり自分は霊が見えると何故《なぜ》か誇らしげに語る人がいる。私は別にそういう人たちが話すことをわざわざ否定するつもりはなかった。その人たちにはそう主張せざるを得ない何か特別な事情があるのだろう。ただ自分は彼らとは違う種類の人間で、見えないものが見えることは少なくとも私の人生には起こり得ないだろう、と別に根拠はなかったけど確信していた。

だからといって私は別に現実というものを何か確固たる絶対的なものとして信奉《しんぽう》しているわけではない。むしろ私は小さい頃から周りには現実離れした女の子だと、それこそ妖精《ようせい》さんが見えてしまうタイプの子だといつも思い込まれていた節《ふし》がある。多分それは一つには「夢子《ゆめこ》」という私の名前のせいで、私はしばしば夢見る夢子さんだと一方的に決めつけられてしまうのだった。

けれども私は私の名前とは裏腹にあまり夢を見ない。夜寝る時に見るはずの夢も、そして未来や将来に関わる方の夢も。だから私はもう三十代半ばだというのになんとなくその日暮らしで生きているのだ。無為《むい》に過ぎてゆく日々に不安はなくはなかったけれど、現在の私の人生をことさら修正しようとまでは思わなかった。

だから気がつけば私は麒麟の見えるアパートにもう六年も暮らしている。ああ、そうだ、結論から言ってしまえば麒麟は幻覚でも妄想《もうそう》でも霊でもなくて（でも麒麟の幽霊なんて何だか間が抜けていてとても可愛いので、それなら別に見えてもいいな、とは思うけれど）、幸《さいわ》いなことに私がとりあえず帰依《きえ》する現実の側に属する存在だった。つまり本当に塀の向こうに麒麟は飼われているのだった。

ワンルームというよりは六畳一間《ろくじょうひとま》と表現した方が正確な私のアパートの前を多分二百メートルくらい延々と続く塀の向こうのお屋敷《やしき》はなんとかという新興宗教団体の持ち物らしく、麒麟はその庭で本当に放し飼いにされていた。私のようなその日暮らしの女の子や私が住んでいる安アパートはその周囲の環境からすればむしろ例外的な存在で、この辺《あた》り一帯は戦前からの高級住宅地だった。何しろ一軒一軒の敷地が信じられないほど広いのだ。それなのにここは歩いて五分ほどのところに有名デパートが軒を連ねているような都心に位置している。

麒麟は桜の花が綻《ほころ》ぶと姿を見せ、桜並木に沿って彼の好物である桜の花を嬉しそうに食べ終えると、それから退屈そうに秋までをその庭で暮らし、冬になると再び姿を見せなくなる。アフリカの生き物だから寒さは苦手なのだろうな。きっと檻《おり》の中で冬を過ごすのだろうけれど麒麟が入れるぐらいの檻ってどれくらいの大きさなのだろう、と考えているうちに一日が終わってしまう。私は小さい頃からそんなふうにとりとめもないことを考えているうちに気がつくと大人になってしまったようなところがある。夢を見ない替わりに私は他人よりたくさんの量のとりとめのないことを考えるのだろう。

そしてたった今も私はやはりとりとめもないことを既に原稿用紙に何枚も書き連ねてしまっている。私が書こうとしているのはそもそも麒麟の話などではないのだ。私が書こうとしているのは、昔、本当にいた男の話だ。

男の名前は兵頭北神《ひょうどうほくしん》という。

昔の人だけれど歴史上の人物、というほどでもない。私がその男のことを書こうと思ったのは大おばがその男のことを繰り返し話してくれたからだ。大おばは私が中学校に入るまで私の家に同居していて、私の祖母の妹だか従姉妹《いとこ》だか、そんな程度の遠い血縁だった。私の両親は二人とも仕事を持っていたので大おばは必然的に私の子守役だった。彼女は私から見れば既におばあさんだったけれど、紅茶と、ヌガーというナッツ入りのキャラメルをチョコレートでくるんだお菓子がとても好きで、それから何よりお洒落《しゃれ》だった。そして昔のことをたくさん知っていた。

昔というのは戦争が始まる少し前の東京のことで、小さかった私を銀座に連れ出してはお気に入りの資生堂パーラーで私と一緒にチョコレートパフェを頰張《ほおば》りながら「ここの地下には昔、ソオダ・ファウンテンがあって北神はいつも一人でソオダ水を飲んでいたの」と少女のように遠い目で言った。ちなみにソオダ・ファウンテンというのはソオダ水を出すバーのようなもので、文壇の人たちのたまり場だったらしく、そこでまた彼女の口からは何人かの私が名前くらいは知っている小説家や文化人の名前が洩《も》れたけれど、何故か私はそれらの人たちではなく北神と彼女が下の名前で呼ぶ男の方に惹《ひ》かれた。それは大おばが幼い私の目から見ても今も彼に恋をしていることがわかったからで、だから私も彼女の真似《まね》をして、その時、兵頭北神に恋をしてしまったのかもしれない。

やがて私が中学生になってあまり手がかからなくなると（といってもそもそも私は一人でとりとめもないことをただぼんやりと考えているのが好きな女の子だったから親にしてみれば手がかかる、ということはあまりなかったはずだ）、大おばは自分の役目は終わったので私の家から出ていくと言い出した。両親は形だけ引き留めたが彼女はそれを辞《じ》すと、ある日曜日の午後、引っ越し屋さんのトラックの荷台に乗り込んでどこかに行ってしまった。

どこかに、というのはその後、結局私は大おばに会うことができなかったからだ。私は大おばと指切りをして遊びにいく約束をしたけれど、中学生になったばかりの私は新しい日々に追われているうちにそんな約束をしたことさえも忘れてしまった。だから大学生の時に両親が海外で交通事故に遭《あ》ってあっさり死んでしまい一人ぼっちになってしまった時でも、本当のことを言えば私は大おばのことを思い出したりはしなかった。その後、私は大学と大学院で民俗学の勉強をし、けれども何となく研究者には向いていない自分に気がつき、児童図書館の臨時職員みたいな身分で子供たちに昔話の読み聞かせの仕事をするようになって今に至る、といったところだ。といっても「読み聞かせ」という表現は正確ではなく、私は学生時代、民俗学の調査で村の語り部たちから聞いた昔話に少しだけ手を加えて「おはなし」を作って聞かせていたのだ。これが案外と好評で今も週二回、そんな仕事をしている。

ところでいささか唐突な感じで私が民俗学の勉強をしていたことを書いたのはやはり大おばと関係があってのことだ。それは私が二十九の時、つまりこの街に引っ越してきて、麒麟を見て驚いた翌年の春のことだ。

ある日、児童館から帰ると弁護士事務所から封書が届いていた。そこには私が尾崎滝子《おざきたきこ》という女性の遺産相続人となっているので仔細《しさい》を相談したい、と簡潔に記されていた。私はそんな名前の女性に心当たりがなかった。第一、知らない人の遺産が転がり込むなんて夢みたいなことが現実には起こり得ないということはわかっていたから私はその手紙を放っておいた。もしかすると何か詐欺《さぎ》まがいのものかもしれない、とさえ思った。けれども何度か同じ内容の手紙が届き、それでも放っておくととうとう仕事先にまで電話が来た。アパートにではなく仕事先の児童館にいきなり電話が来たのは私がアパートに電話を持っていなかったからだ。別に主義主張があって電話をつけなかったのではなく、その頃の私には電話をかけてくる人は一人もいなかっただけの話だ。それは今も変わらないけれど。

そして私はその電話の説明で尾崎滝子が大おばの名だとようやく気づいたのだ。迂闊《うかつ》にも私は大おばの本名を知らなかった。言われてみれば父方の親戚《しんせき》の誰かが「滝子おばさん」と呼んでいた記憶もぼんやりとあるが、けれど私にとって大おばは大おばだった。

西新橋《にししんばし》の事務所を訪ねていくと弁護士は遺言《ゆいごん》で大おばが私に遺産を相続するよう書き遺《のこ》していた、と改めて説明した。事情を知らない弁護士はあなたのことをさぞ可愛がっていたのでしょうね、と社交辞令を口にしたが、実は十何年も音信不通だったと私は正直に告げた。弁護士はしかし別に気にする様子もなく、いたって事務的に大おばの遺産の内訳を私に示した。それは具体的には彼女が息を引きとる直前まで生活していた彼女名義のアパートの一室と、それからちょっとした身の回りの品々だということだった。アパートは代官山駅の近くにある同潤会《どうじゅんかい》アパートという戦前からの建物で、私の麒麟が見えるアパートから歩いて数分だった。そのことを知って私は胸が締めつけられる想いがした。そんな近くに大おばはいたのに私は彼女がいたことさえ忘れていたのだ。

だから咄嗟《とっさ》に、

「遺産は受けとれません」

と私が言うと、弁護士は怪訝《けげん》そうな顔をした。いくら世の中のことに無知な私でも戦前に建てられたとはいえ代官山の一等地にある同潤会アパートの値段が決して安くないことぐらいは想像がついた。そしてそれを受けとる資格は私にはないと思った。そのことを説明すると弁護士はそれなら心配ない、と何故かにこやかに言った。弁護士が言うには大おばは不動産を担保に銀行から生活のためにお金を借りていて、「相続」というのは法律的には資産も借金も両方引き継ぐことになる、だから私が仮に相続しても借金を返そうと思ったらすぐにアパートを手放す必要がある、というよりアパートの一帯は再開発が決まっていて、どちらにせよ売らなくてはならないのだそうだ。そして税金やら申し訳ないけれど自分への報酬《ほうしゅう》を払っていただくとそんなにたくさんのお金は残らない、と説明した。つまりどちらかというと大おばの死に伴う事後処理に協力して欲しいという依頼だったのだ。どうやら弁護士はアパート跡を再開発する不動産会社の意向をくんでいるらしく、相続人がいなくてアパートの所有権が国庫に入ると却《かえ》って厄介《やっかい》になるそうだ。私はようやく弁護士の熱心さの理由に納得した。遺言状の日付は十年近く前のバブルの頃のもので、その時ならこの借入金と相殺しても何千万かのお金が残ったはずだから尾崎滝子さんはあなたに本当に遺産をあげたかったのだと思いますよ、と弁護士は最後に慰めるように言ったが、私は私の手許にお金が残らないことで気持ちがずいぶん楽になった。

そしてその時、私は事情説明のために弁護士が私に見せてくれた不動産登記簿を改めて見て不思議な名前を発見したのだ。アパートには大手の銀行が抵当権《ていとう》をつけていたが、そんなことより私が驚いたのは以前の所有者の名前が柳田國男《やなぎたくにお》と記されていたことだった。

同姓同名でなければこれはあの柳田國男——民俗学の創始者である柳田國男のはずだ。私はふと大おばはもしかすると柳田國男のお妾《めかけ》さんか何かだったのかと想像した。それは後に全くの誤解だとわかるのだが、私が大おばの遺産を「相続」しようと思った動機の一つは、この思わぬところで遭遇した柳田國男の名前にあったのは事実だ。

そして私は大おばの部屋からその謎を解くもう一つの遺産を見つけるのだ。私に大おばが相続させたかったのはそこだけ時間が止まってしまったかのようなレトロでモダンな同潤会アパートや、あまり金銭的な価値はないけれど可愛らしい宝石や小物やモガふうの洋服ではなくて(これはこれであまり衣装持ちではない私は結構重宝《ちょうほう》しているけれど)、ある「物語」だった。

私が大おばの部屋を整理していたある日、戸棚の奥に大切にしまわれた十数本のオープンリールのテープを見つけた。どうしたわけか再生するためのテープレコーダーは見当たらず、私は捨てようかどうしようか迷ったが結局、私の部屋に運んだ。そしてだんだんそのテープのことが気になってきて、ある日、近くのフリーマーケットでオープンリール用のテープレコーダーが売られているのを見つけ、アパートに戻ってテープを持って引き返すと、これを再生してくれるように頼んだ。ラッパーみたいなジャージ姿の男の子は嫌がる様子もなく「いいよ」と言ってテープレコーダーを使わせてくれた。近くの露店のたこ焼き屋さんのバッテリーをちょっとだけ使わせてくれるように交渉もしてくれた。そしてようやく再生してみるとテープからは大おばの声が聞こえてきた。テープの中の彼女は遠い昔を懐かしむように、ある「物語」を語っているのだ。

私はそのままテープレコーダーの前にしゃがみ込んで時の経つのも忘れて憑《つ》かれたようにテープを聴いた。そして気がつくと辺りは暗く、フリーマーケットのお店は殆《ほとん》どが撤収していて私にテープレコーダーを使わせてくれた男の子の店だけがぽつねんと残っていた。私はようやく彼の商売の邪魔《じゃま》をしてしまったことに気づき、このテープレコーダー買うわ、と言ったけれど男の子はいいよ、あげるよ、粗大ゴミに出てたのを拾ってきただけだし、と笑った。そうやって私が手に入れたのが、私がこれから語ろうとする兵頭北神の物語である。

私はちょうど昔話が祖母から孫に伝承されるように兵頭北神の物語を大おばから相続したのだといえるのだろう。だから何度もテープを聞き直した後で私は決意した。私もまた、いつかこの「物語」を誰かに相続してもらうためにこうやって私の語る「物語」に書き換えて遺しておこう。だったら大おばのオープンリールをそのまま遺しておいて譲り渡せばいいと思う人がいるかもしれないが「物語」の相続とはそういうものではない。語り部はそれを自分の「物語」として改めて語り直し、そうやって初めて次の語り部に引き継ぐことができる。

それが作法だ。

次の世代の語り部に語り直されることによって物語は緩《ゆる》やかに変化し、そして生き続けることができるのだ。かつてこの国の小さな村々に星のように無数にあった昔話も伝説もそうやって風雪《ふうせつ》に耐え、けれども語り直す者がいなくなった今、死に絶えてしまったのだ。思えば私が民俗学を辞めたのもそれが理由だった。かろうじてこの国の片隅に残る語り部の老人の昔話や伝説を大学に提出する修士論文の中に封じ込めて標本にするよりは自分がこっそりと伝承して誰かに語り継ぎたい、と決意して私は大学院を辞めた。だから私が児童館で語る「桃太郎」の昔話は、それを私に聞かせてくれた山形のある村のおばあさんの話のままに、桃太郎は桃ではなく漆塗《うるしぬ》りの重箱《じゅうばこ》に入って流れてくる。それはこの日本列島に於ける「桃太郎」のより古い話型で、この昔話が山中に住むと信じられた異人《いじん》たちとの交流にまつわる物語だったことの証拠だ。けれどもその一方では私の「桃太郎」は猿《さる》や雉《きじ》の替わりにポケモンをお供に連れていく。子供たちはピカチュウが桃太郎に黍団子《きびだんご》をねだる場面で一斉に笑う。語り継ぎ、語り返すということはつまりはそういうことだ。

だから私は大おばに語り部として選ばれた名誉《めいよ》に深く感謝した。

そして私は児童館に集まるミッフィーみたいな目をした子供たちをじっくりと観察してこれはという子を一人選び、次の語り部に指名できたらいいな、などと考えたりもする。

それが今の私の密かな夢だ。だからこの物語は子供たちの誰かが私のことなど全く忘れてしまって大人になったある日、不意にその子の許《もと》に届けられるのだ。

いつの日か。

だから私はこうして語り継ぐために語り始めることにする。

兵頭北神をめぐる「昔語り」を。

さて、大おばの昔語りを信じるなら日本民俗学の父、柳田國男は非公式に幾度《いくど》となく満州《まんしゅう》に渡っている。満州とは言うまでもなく戦前、日本が中国大陸に傀儡《かいらい》国家として建国した満州国のことである。しかし調べてみると柳田國男の公式の伝記には訪満《ほうまん》の記録は一度もない。だが大おばの昔語りの冒頭ではいつも、柳田國男は南満州鉄道の夢の特急あじあ号の座席で不機嫌そうに貧乏揺すりをしているのだ。東洋初といわれた密閉式展望車の窓際に陣取りながら、パノラマの如《ごと》く窓の外を通り過ぎていく大陸の、時に雄大で時に荒涼とした風景を一瞥《いちべつ》しさえしない。ただ掌《てのひら》の中のヨーヨーが忙《せわ》しなく、そして苛立《いらだ》たしげに上下しているのみであった。

柳田國男は生涯を通してとにかく不機嫌な人であったらしい。癇癪《かんしゃく》を起こし、全てを放り出してしまうことは一度や二度ではなかったようだ。晩年には自ら起こした民俗学研究所を突然解散し、決別宣言ともとれる講演をした後は、弟子たちを殆ど寄せつけなかったともいわれる。それは多分、彼が自分の弟子たちを誰一人信用していなかったからだと私は思う。この民俗学の弟子たちへの不必要なまでの苛立ちは晩年に始まった話ではなく、戦前から一貫していたようだ。戦前の柳田は自分の弟子とは別に、転向したマルクス主義者たちが身の回りを自由に出入りすることを好んで許していたという。学問上の弟子たちよりも、むしろ弾圧され転向を余《よ》儀《ぎ》なくされた左翼の者たちの屈託《くったく》に満ちた姿を歓待したところにも、柳田の複雑な心情は見え隠れする。

何故、柳田國男が弟子たちを信じなかったかといえば、彼は彼が作り上げた民俗学をそもそも信じていなかったからだ。いずれその仔細は明らかになっていくと思うからそのあたりの事情は今は書かずにおくけれど、柳田は自分の民俗学は虚妄《きょもう》であり、だからその虚妄に群がってくる弟子たちを結局は信じられなかったのではないかと私には思える。柳田自身が自ら作り上げた虚妄を無理に信じようとし、そしてその虚妄を守るために別の多くのものを犠牲にしてきたからこそ、余計にそれを屈託なく信じる弟子たちが許せなかったのかもしれない。だから柳田が信じていた弟子はただ一人、兵頭北神だけだったのだ。

大連《だいれん》から新京《しんきょう》までをわずか八時間余りで走り抜けた弾丸列車あじあ号も新京を過ぎるとスピードが落ちる。在来線の線路を使うので時速百数キロというスピードが出せないのだ。新京から更に数時間かけてようやくあじあ号は哈爾濱《ハルビン》駅に到着する。そして柳田國男は紋付き袴《はかま》の正装でステッキに右手を添え、もう片方の手にはヨーヨーを持ち、憤然《ふんぜん》とした表情で哈爾濱駅に降り立つのだった。

ここで一つだけ注釈しておくと、今回私が記す「昔語り」はその内容から想像するに昭和十年よりは少し前の出来事と思われるが、あじあ号が哈爾濱まで直通となるのは実は昭和十年三月のことだ。だが、昔語りにとってそれがいつのことであるのかはあまり意味のないことだからそのままにしておく。私たち語り部が伝えなくてはならないのは事実などではないからだ。

東洋のモスクワと呼ばれる哈爾濱は四月でもさすがに首筋が寒い。柳田は哈爾濱の駅に降り立つといつも外套《がいとう》や襟巻《えりまき》を忘れたことを後悔するのだが、大抵は些細《ささい》なことに逆上し、そのまま東京駅から特急で門司まで行き、大阪商船の客船で大連へ、そしてそこであじあ号に乗り込んでも尚、不機嫌は収まらないのだから防寒具のことにまで気が回るはずはない。そして柳田はこれもいつもの習慣としてホームの石畳の上でほんの数秒、人待ちの様子を見せるがすぐにつかつかと歩き出し、駅の外に出る。

不機嫌なままの柳田は哈爾濱の異国情緒をかもし出すギリシャ正教のソフィスキー教会や道を行き交う白系ロシアの美少女に目もくれずに、停車場前から出ている十六道行の市電に乗り込む。その間もまだ苦虫を噛み潰したような顔をしている。いや、怒りはこの時点でいよいよ頂点に向かいつつあるといってよい。市電はアジアとロシアが混沌《こんとん》とした繁華街を過ぎ、花店と呼ばれる木賃宿《きちんやど》の看板が立ち並ぶ一帯を通り抜ける。窓の外を天秤《てんびん》に籠《かご》をぶら下げて歩く物売りや物憂《ものう》げな淫売婦《いんばい》の姿、あるいはメンソレータムの広告がキネマのように流れていくが、無論それも柳田の目には入らない。

ようやく北五道街の停留所が近づくと柳田は不意に立ち上がり、何もかも気に入らないように忌々《いまいま》しげに舌打ちしながら下車するのであった。

再び外気に触れる。すると柳田はあからさまに顔をしかめ鼻先を着物の袖で押さえる。民俗学者でありながら実は柳田は私生活では土俗の習慣に不寛容だった。襤褸《ぼろ》屋や路上賭博《とばく》の屋台が立ち並び、仕事にあぶれた苦力《クーリー》が壁《かべ》に向かって小便をする前を柳田は苛立ちを全身から発散させて通り過ぎる。傅家甸《フジャデン》と呼ばれる、地図の上でも道外地であり流民が最初に流れつく場所でもあるここは柳田にとって無秩序と不道徳の極みの悪場所でしかない。息を止めながら必死でこの人混みを掻《か》き分けるとようやく市が途切れ、忽然《こつぜん》と現れる「大観園」と記された楼上《ろうじょう》の石板の鮮やかなる筆跡を見上げることになる。

ここでは柳田はいつも一瞬怯《ひる》んだように立ち止まる。そしてしばし思案した後、意を決して、その文字の下にあたかも石洞のように穿《うが》たれた門をくぐるのであった。

柳田が躊躇《ちゅうちょ》するのもしかし無理からぬ話ではあった。そこは当時「魔窟《まくつ》」とまで呼ばれた治外法権の場所であり、傀儡の王・溥儀《ふぎ》どころか満州の実質的支配者であった関東軍の力さえ一切及ばぬ一大阿片窟《あへんくつ》であったのだから。

冬は凍った川面《かわも》の上でロシア人のイースターが厳《おごそ》かに行われることで知られる松花江《しょうかこう》に面した建物の中には、中央の通路に沿って両側が楼上楼下二層に分かれ、木賃宿や妖しげな飲食店がひしめき、淫売婦たちが徘徊《はいかい》している。女たちは皆、梅毒《ばいどく》で眼が白濁しており、そして柳田が向かう先である二階へと続く階段を上るには汚穢《おわい》にまみれて息絶えている阿片中毒者とおぼしき痩《や》せこけた死体をまず飛び越えなくてはならない始末《しまつ》だ。

柳田はずっと息を止めていたのでほとんど窒息しかけていたが、こんなところで息を吸い込めば何だかわからぬ黴菌《ばいきん》を丸ごと食らうようなものだからと必死に耐える。そして気を紛《まぎ》らわそうと掌の中のヨーヨーをさらに忙しなく動かすと、必死の早足で階段を駆け上がり、ようやく意中の者のいる木賃宿と阿片密売所に挟まれた二間ほどの店先に立つのだった。

観音《かんのん》開きの曇り硝子《ガラス》の扉の左右にはそれぞれ「千里眼」「降霊術」と書かれている。そして、店の脇には明らかに柳田への皮肉として「大東亜《だいとうあ》民俗学研究所」と大書きされた看板が掲げられている。わかってはいてもそれは柳田の神経を思い切り逆撫でし、杖で扉を叩き割らんばかりにノックするや返事も待たずに店内に足を踏み入れる。そして、溜まりに溜まった怒りをようやく爆発させるのだ。

「北神！　儂《わし》は十二時のあじあ号で到着すると言っておいたはずだ。何故、迎えに来ない！」

そう叫んで、ふうと一息ついて柳田は室内をしかと見据《みす》える。だがそこにいたのは柳田が三日前に講演会場で逆上して以来ずっと怒りの矛先《ほこさき》を向けようとしてきた肝心の人物ではなかった。薄暗い店の中に居たのは漢人の童子であり、その子にきょとんとした顔で見上げられると柳田は振り上げた拳《こぶし》の下ろす先を失ってしまう。

「北神は……兵頭北神は居ないのか」

童子はしかし不思議そうに柳田を見つめたままだ。

「ふん、日本語もわからぬのか」

そう一人言のように柳田が吐き捨てた刹那《せつな》、まるで太刀《たち》か何かで斬首されたかのように童子の首だけがいきなり胴から離れて天井まで飛び上がった。

柳田は「ひいっ」と声にならない悲鳴を上げ腰を抜かし、床に腰から落ちる。ヨーヨーがタイル張りの床の上に転がる。柳田が恐る恐る宙に浮く童子の首に目を凝《こ》らそうとすると、突然、天井の明かりがついた。

そこには黒い服で首から下をすっぽり包んだ童子が梁《はり》からぶら下がっており、童子が元居た場所には首から下の童子の姿の書き割りが立てかけてあった。種明かしをされれば馬鹿《ばか》げた奇術である。そして柳田が尻餅《しりもち》をついたままぜいぜいと息を整えていると店の奥の戸が開き、柳田が怒りをぶつけるためにここまで来た相手がゆらりと姿を見せるのであった。

彼こそが兵頭北神その人である。

アメリカ人と並んでも遜色《そんしょく》ない長身で手も足もすらりと長かったのよ、と、遠い昔、資生堂パーラーで大おばは上気した表情で小さかった私に何度も語ったけれど、その長身、ことに足の長いことには深いわけが実はある。しかしその事情はいずれ語ることにする。

ここ何日か、溜まりに溜まった怒りを爆発させる直前にあっさり肩すかしを食わされた柳田はすっかり気をそがれ、床に転がったヨーヨーを拾ってよろよろ立ち上がると、それでも改めて不機嫌な顔を作り直してから着物の懐《ふところ》からくしゃくしゃになった原稿用紙を取り出しテーブルの上に投げ捨てた。『日本列島に於ける先住民の実在に就《つ》いて』という文字が見てとれる。

「どういうつもりだ、こんなものを送りつけてきて」

「論文ですよ、この間できた民俗学会の機関誌への」

北神が平然とした表情で答えるのが柳田には気に入らない。

「岡《おか》の奴めが嬉しそうに、こんなものが投稿されてきましたよ、先生さえよろしければ私たちの、『民俗学』に掲載しましょうか、と当てつけがましく届けてきおった」

吐き捨てるように柳田は言う。先程の童子がいつの間にか着替えて柳田の前に茶器を並べ、熱い茶を注ぐ。柳田は注ぎ終わらぬうちに茶碗を鷲摑《わしづか》みにすると茶を口に含む。火傷《やけど》しそうに熱かったが、そのまま意地で飲み干す。

北神はその意味のない意地の張りように呆《あき》れたように笑う。これでは自分で自分の意固地《いこじ》さを認めているようなものだ。

「それで岡さんと離反したという噂《うわさ》はやはり本当だったのですね。しかしお嬢さんと岡さんの縁談が破談になったからといって岡さんを恨むのは筋違いじゃありませんか」

北神は柳田を諫《いさ》めるように言う。ここで少し説明をするなら岡とは当時、柳田の高弟《こうてい》であった東大卒の人類学者・岡正雄《まさお》のことと思われる。当初は柳田が北多摩郡砧村《きぬた》に建てた「喜談書屋《きたんしょおく》」と号する書斎兼私邸に書生として住み込むほど両者は密接な関係であった。その岡と柳田を中心に民俗学の機関誌『民族』が創刊されたのは大正十四年。しかし、些細なことから柳田と岡の間は険悪となり、挙げ句《あく》、柳田は『民族』を放り出した。すると今度は岡を中心に柳田抜きの「民俗学会」が設立され、その機関誌として『民俗学』は創刊されていた。つまりこの頃の柳田は自ら作り上げた民俗学から半ば孤立していたのである。そして柳田は学士院の講演会場で岡から北神の論文を見せられ、それを岡の当てつけととり逆上して北神に八つ当たりするためにここまで来たのである。

「……しかし、よくまとまってはいる」

柳田は論文にちらりと目を落として何故かとりなすように言う。

「……だが発表することは断じて許さん」

強い語調だが、力はない。

「日本に先住民は居てはならないからですか」

皮肉っぽい口調で北神は返す。

「皆まで言うな」

そう釘を刺す柳田の手が微《かす》かに痙攣《けいれん》するように震える。

「時期が来れば公《おおやけ》にする」

「それまでは先生が私に押しつけたあの資料と共におとなしくしていろと？」

「…………」

柳田は答えない。答えれば嘘《うそ》になるからだ。そして北神もまたそんな日が来るなどと信じてはいなかったはずだ、と大おばは言う。

北神はそれ以上、柳田を責めず、むしろ憐《あわ》れむように見つめると、口許を微かに歪《ゆが》ませ諦《あきら》めたように微笑するのだ。

「けれど用件は本当はそんなつまらぬことではないのでしょう？」

そう言って北神は向かいの椅子に腰を降ろすと柳田の表情を探る。

図星であった。

だから柳田は思わず目を逸《そ》らす。

「やれやれ、やっぱり。柳田先生ともあろうお方がたかだか論文を突き返すためだけに、破門にしただけでは飽きたらず政治力を駆使してわざわざ満州に追放した不肖《ふしょう》の弟子の許を訪れるはずはない。どうせまた、表の民俗学では解決できない事件でしょう」

表の、と北神はわざと柳田の神経に障《さわ》るような言い方をする。

「民俗学に表も裏もない！」

柳田は大声で叫び、拳で思わずテーブルを叩く。その自ら立てたとげとげしい物音で自分が北神の挑発に乗ってしまったことに気づき柳田は我に返る。これ以上、この男の挑発に乗ってはならないと自分に戒《いまし》めるように言い聞かせ、まだ半分ほど残る怒りの炎を必死でかき消す。そして、大きく深呼吸して用件を切り出す。こちらの下心を悟られてはまずいからだ。

「君は――死にたいと思ったことはあるか」

形而上学のような質問を柳田はまず発する。

「いいえ」

北神は無表情で答える。

「今年、内地での君位《くらい》の年代の若者の自殺者は実に千五百人に達した。自殺ブームとジャアナリズムは盛んにはやしたてておる」

柳田は講演会の時のような甲高い声で言う。

「そういう世相をどう解読されます、表の民俗学では」

またわざと北神は表のという言い方をする。

だが今度は柳田はそれを無視する。

「世相なら良い。このヨーヨーのようにいずれ忘れ去られるだけだ」

柳田は掌のヨーヨーをテーブルの上に置く。私は知らなかったのだけれど、昭和の初頭、日本では突如としてヨーヨーブームが起き、東京中にヨーヨー屋がひしめきあったという。

「……世相ではないと」

しばらくヨーヨーを見つめていた北神が顔を上げる。その拍子にほつれた前髪が頬にはらりと落ちる。

「非公式な数字だが自殺者のうち二割近くが伊豆《いず》大島の三原《みはら》山と大磯《おおいそ》の坂田《さかた》山で死んでいる」

「どうせジャアナリズムが派手に書き立て、それで大衆がブームに惑わされたのでしょう」

北神はその可能性を否定するためにわざわざ口にする。

「ブームで人は死なぬ。世相でもだ」

北神の予想通り否定すると、柳田はおもむろに一葉《いちよう》の写真を取り出す。面長で切れ長の目の女の写真だ。年の頃は二十歳を少し過ぎたところか。

北神の目許がびくり、と動く。

「美人ですね」

探るように言う。

「だが死人だ」

柳田が返す。北神の顔にほう、と少しだけ興味深そうな表情が浮かぶ。

「大磯の海岸近くの丘で心中し、心中ブームのきっかけとなった女だ。ところがその女の死体が墓場から消えた。世間には変態《へんたい》性欲者の犯行と発表し、死体は無事見つかったことにしてあるが、未だ行方《ゆくえ》不明だ」

「死人が自殺ブームの原因だと」

「かもしれぬ」

「それで私にフィールドワークに行けと」

北神の目が意味あり気に輝く。だが気づかぬふりをして柳田は懐から封筒を取り出すとテーブルの上に無造作に放り出す。

「東京までの旅費と調査費だ。結果はカードに記録し分類することを忘れぬように」

採取した資料をハガキ大のカードに横書きに書き込み、整理分類するというのは柳田民俗学の基本であった。柳田はそうやって日本という国家そのものをインデックス化することを目論んだ人物である。

柳田は懐中時計をちらりと見た。帰りの汽車の時間が近いのだ。空路という手もあったが飛行機などというものを柳田は今一つ信用できなかった。

柳田が忙しなさそうに席から離れた瞬間、今度はテーブルの上のカップがふわりと浮き天井に叩きつけられる。

「……また奇術か」

「ポルターガイストですよ。さっきまでロシア人を相手に降霊術をやっていたので霊がまだうろついているのでしょう」

「とにかく、日本の将来ある若者をこれ以上、死なせるわけにはいかんのだ」

北神のたちの悪い冗談に柳田は口をわなわなと震わせ、そして自らの依頼を正当化するように言った。

「将来などあるのですか、あの国に」

すぐに皮肉を北神は返した。あの国、と北神が他人事《ひと》のように言ったのは決して彼が異国にいるからではない。北神にとって日本は永遠に「あの国」でしかないのだ。

そして柳田はといえばこれ以上、北神の嫌味につきあう気はない、と言わんばかりに踵《きびす》を返すとステッキで扉をつつき、大股で出ていった。テーブルの上にはヨーヨーがぽつねんと残された。

「忘れていった」

童子がテーブルの上を覗《のぞ》き込む。

「返しておくさ」

そう言ってコートのポケットにしまうと北神は、「糸を引っ張るタイミングはうまくなったね」と童子の頭を撫でるのだった。


と、ここまで私の話を聞いてあなたは、あなたというのは私の「昔語り」をいつか語り継いでくれるはずの見知らぬ誰かのことだけれど、大おばや私が遠い異国の地での柳田國男と兵頭北神のやりとりをまるで見てきたように語っていることがとても不思議かもしれないので一言、説明しておく。私が大学生の頃、小説を書いているという級友の男の子がいた。その男の子がしかし、あるところから小説が一歩も先へ進めなくなってしまった理由というのがまさにそれで、作中人物の一人称で描写しようとしたものだからその人物の居ない場面や知り得ない出来事をどうやって書いていいか困り果ててしまったのだという。

実のところ私は最初、その人の悩んでいる理由が全くわからなかった。そして彼からその理屈を説明されてもやはりしっくりこなかった。何故って「おはなし」を語る人は「おはなし」の中で起こることの全てを知っているのが当然だと私は思っていたからだ。語り部というのは全能であり、だから私も大おばも柳田國男と兵頭北神にまつわることの全てをあたかも知っているかのように語っても少しも問題はないのだ。そして大おばも私も物語の行く末を全て知っているけれど同時にそれがどんな結末に向かうのかについては一切の関与のしようがない。私たちは物語の外部にいて疎外されている。そういう無力な存在だ。だがそれは大おばにとっては兵頭北神との関係に於いて特に問題であったはずで、彼女はいつだってハッピーエンドを望んでいたが、けれどもやはり物語は決して彼女の望むようには進まなかった。人魚姫は王子様と結ばれることはなかった。

語り部はただ語ることしかできず、許されるのは定められた物語の行く末に抵触《ていしょく》しない限りに於いてのささやかな嘘だけなのだ。

その日、兵頭北神は尾崎滝子のいる新橋の遊郭《ゆうかく》にふらりと顔を出した。置屋《おきや》から突然柳田國男の名でお座敷がかかったと連絡が入り「あの狒々爺《ひひじじい》にこの際、一言意見してやらなくちゃ」と念じつつ、三ツ指をついて障子を開き顔を上げると北神が呑気《のんき》に窓に肘《ひじ》をつき楼下《ろうか》の小路の桜を見ていたのだった。口唇《くちびる》には桜の花弁を一枚、食《は》んでいる。その涼し気な横顔に滝子は——と三人称で「物語」の中の大おばは示すことにしよう——喜びと怒りが殆ど同時に、しかも制《せい》禦《ぎょ》し得ないほど大量に湧き上がってきて何が何だかわからなくなった。そしてそのまま感情の洪水に流されてしまい、気がつくと褥《しとね》の中で北神に腕まくらをされていた。

性的な充実感に、物憂げな吐息をつきながらしかし胸の奥では言いようのない悲しみが相反する形で滝子の中に混然としてある。心と身体がこんなふうに乖離《かいり》した大人になってしまったことが滝子にはどうにも切なかった。

「鳩山八重子《はとやまやえこ》？」

耳許で不意に北神が囁《ささや》くように女の名を言い、滝子はぼんやりとした頭でそれを鸚鵡《おうむ》返しにした。北神が他の女の名を口にしようものなら瞬時に逆上する滝子が——その逆上癖《へき》は柳田といい勝負だ——しかしその名を軽く聞き流したのはそれが誰でも知っている有名人だったからだ。

　無名の自殺者がその死をきっかけに著名人の仲間入りをするのは今に始まったことではない。鳩山八重子は当時の日本では大スタアであり、事実、大磯の坂田山での心中からわずか一ヵ月後には彼女たちをモデルにした松竹映画「天国に結ぶ恋」が封切られ、その主題歌が大ヒットした。

「ああ……神様だけがご存じよ、二人の恋は清かったー、ってやつよね」

　滝子はその流行歌となっていた「天国に結ぶ恋」の一節を口ずさむ。芸妓《げいこ》たちの間でも「天国に結ぶ恋」は熱狂的な人気であり、馴染《なじ》みの客との心中を夢見るように語る者もいたが滝子には関心がなかった。坂田山心中が社会現象とも言える大騒動になったのは八重子が当時としてはかなりのグラマーでそして美人だったことに加え、検死の結果、彼女が処女であることが発表されたからである。普通、情死の現場は栗の花の臭いにむせぶようだなどと俗に表現され、死の直前故の狂おしい性交の痕跡が生々しく残っていたりするものだが八重子たちの場合は違ったのだ。二人は手をつなぎ、まるで一枚の美しい絵のように息絶えていたというのだ。当時はエロ・グロ・ナンセンスが世相で、カフェバーでの「エロサービス」がエスカレートした時代であったから（戦前の日本人が道徳的であったなんてとんでもない幻想だ）、その分、余計、八重子の清純ぶりが新鮮だったのだろう。だが滝子にしてみれば、好きな男に抱かれもせずにあの世にいって二人は清かったと讃《たた》えられるよりも、どんなに人から後ろ指さされても、そして人の道に反そうと現世で北神に愛され北神との愛欲に溺《おぼ》れたいという思いの方が強かった。自分がわざと苦界に身を投じたのも決して美しくない現世を生き抜く決意の意味があった。

だから彼女は八重子に熱中する者たちの気持ちはさっぱりわからなかった。

「それがどうかしたの」

どうでもいいように滝子は呟《つぶや》き北神の二の腕に顔を埋《うず》めたままでいると、北神はむくりと起き上がる。滝子は必然的に腕から布団の隅に放り出される。そして北神は布団から身を乗り出し、枕許に脱ぎ捨てられたコートのポケットをごそごそとまさぐるのだ。

「なに探しているの」

「八重子の写真」

八重子と情死相手の慶大生《けいだい》が死の直前に撮ったとかいう記念写真は市中では女優ブロマイド並みの人気であった。

写真は見つからない。

「まさかあなたファンなの」

呆れたように滝子は言う。

「実は彼女を捜しているんだ」

「捜しているって……って……死人を？　よもや彼女の死体を盗んだ変態性欲者の爺さんと同じこと考えてんじゃないでしょうね」

事件を更にセンセーショナルなものにしたのは大磯の海岸近くの墓地に仮埋葬《まいそう》された八重子の死体が忽然と消えたためだ。死体は翌日見つかり、近くに住む老人が逮捕された。その様子を新聞は「おぼろ月夜に物凄い死体愛撫《あいぶ》　美人と聞いて尖《とが》った猟奇《りょうき》心」などと書き立てた。ちなみにいかにも欲情に訴えかけんばかりにそう報じたのが少し前まで柳田が論説会員の職にあった東京朝日新聞社であったのは決して偶然ではないことはすぐに明らかになる。

「いいや、死体は本当は今も見つかっておらず、捕まった犯人はどうも警察のでっち上げらしい」

うっかり口を滑らせた北神を滝子は訝《いぶか》しげに見る。

「何であんたがそんなこと知ってるの？」

北神はしまった、という顔で目を逸らす。滝子は裸のまま北神の前に回り込んで無理やり両手で北神の顔を自分の方にぐいと向けさせる。

「あー、わかった。柳田ね……柳田の狒々爺にまた頼まれたのね」

北神は答えない。答えない、ということは肯定しているということだ。

「あっきれた〜」

滝子は思いっきり大声に出して言った。何故ならそうしなければ泣いてしまいそうだったからだ。滝子は北神が何故、突然、満州から舞い戻ったのかを今まで訊《き》かなかった。そして北神が何も言わないのならきっと自分に逢いたくてやって来たのだと健気《けなげ》にも信じ込もうとしていたのだ。

だが今度もまた柳田に言いつかったフィールドワークとやらが目的で帰ってきたのだった。滝子は日本人の男よりは遥かに長い北神の臑《すね》を思い切りつねった。それしか今のところ滝子に抗議の術《すべ》はなかった。

さて、ここで当時の「自殺ブーム」なる現象に少しだけ説明を加えておくことにする。

坂田山心中のブームは映画や流行歌だけでなく大量の後追い自殺者という形で世相化したのが特徴だった。二人が昇汞剤《しょうこう》（水銀）を飲んで心中した東海道本線大磯駅裏手の丘は本来は名もなき丘だったのを新聞記者が勝手に坂田山と名づけた。海辺に近い丘なのに山というのも奇妙な話だが、とにかくもジャーナリズムの熱心な煽動《せんどう》もあってか早くも四日後には後追い自殺の第一号が現れる。中央線に飛び込み心中した男女が新聞に載った八重子とその情人の切り抜き写真を忍ばせていたのであった。以降、坂田山では未遂《みすい》者を含めた自殺・心中騒ぎが六百人余り。滝子の口ずさんだ映画の主題歌のレコードを聴きながらの心中も後を絶たなかった。事実、当時の統計では十代から二十代の男女の自殺が明らかに急増しており、ブームはただ新聞が書き立てただけで起きたものとしてはいささか度を超していた。

そしてこの統計上に於ける自殺率を押し上げていたもう一つのきっかけが三原山心中であった。その概要については以下の場面の北神と滝子の会話に譲《ゆず》ることにする。


さて、滝子の機嫌を損ねた北神はその報《むく》いとして翌日は丸一日、東京中を引きずり回された。円タクを借り切って東劇でキネマを見たかと思えば下谷のうさぎやで最中《もなか》を食べ、松坂屋ではオペラバッグを買わされた。その様子を大おばの語り口にちょっとだけ従って描写してみるなら、北神がグリーブスな苦笑いを浮かべるのが彼女を少しだけ満足させたし、北神を連れて銀座通りを我が物顔で歩くとボッブヘアのフラッパアたちが羨望《せんぼう》と嫉妬《しっと》の目で振り返るのが何より嬉しかった、ということになる。ちなみにグリーブスとは悲痛な、フラッパアというのは軽薄女といった程度の意味のようだ。大おばはいわゆるモダンガールズのはしりだったらしく、それはこんな彼女の言葉の端々《はしばし》から窺《うかが》える。しかし大おばは流行を身に纏《まと》った自分より若い女たちを軽蔑《けいべつ》していたらしく、テープには銀座の街を行くモガたちのファッションについてあれこれと寸評するくだりが延々と続くが、それは省《はぶ》く。女にとって自分より少しだけ年下の、つまり若い女はいつだって浅はかなものだ。そのあたりの女の心理はいつの時代も変わらないのかもしれない。

とにかくも滝子はお気に入りの資生堂のアイスクリームパーラーの二階席に従者たる北神に

山程の荷物を抱えさせてたどり着く。二階は吹き抜けになっており一階のオーケストラボックスではジャズを奏でている。北神はここでようやく一息つく機会を与えられるのだ。しかしそれは文字通り一息だけだ。

「この後はフロリダに行くんだからね」

先に腰を下ろした滝子は北神に宣言するように言う。

「なんだいそのフロリダって?」

「知らないの? ダンスホールよ、今、銀座で一番流行《はや》っているの」

「それだけは勘弁してくれ」

北神は頭を抱えるように言う。

「じゃあ、何か楽しいことを話して頂戴《ちょうだい》」

滝子はくすりと笑い、お姫様が甘えるように北神に命じる。そして北神の前に置かれたソオダ水の炭酸の二人の日々のように不確かな泡を見つめる。

「もう一つの自殺騒動の主、宮田昌子《みやたまさこ》のことだけれど」

北神は恐る恐る、といった感じで切り出す。

「他の女の話はいや」

滝子はぴしゃりと拒絶する。すると北神は心底、困り切ったという顔で滝子を見つめる。細いナイフで切り込まれたような細い目の向こうから覗く冬の森のような黒い瞳が滝子を捉える。

ずるい、と思う。

滝子がこの瞳に弱いことを知っていて、いつも北神はわざとこうするのだ。

「いいわ、五分だけよ」

「ありがたい。知っていることだけでいいから話してくれ」

「あら、新聞でも読んだら」

滝子はしかしもう少し北神の困った顔を見たかったので意地悪に言ってみる。

北神は少し情けなさそうな顔をする。

私は大おばの昔語りで初めて知ったのだが兵頭北神は本が読めないい人だったらしい。本が読めない、というのは文盲《もんもう》だとかいうわけではなく、どうも現在では読書障害と呼ばれる認知障害の一種であったらしいのだ。読書障害とは文字通り本を読むという行為そのものに障害があって、書かれた言葉を意味に統合する過程が阻害《そがい》されているのだ。けれども話すことや書くことには全く問題はない。むしろ人より優れた能力を示すといわれる。今では第6染色体にこの読書障害に関連する遺伝子の存在が示唆《しさ》されている。確かアメリカの有名な小説家にも読書障害の者がいたはずだ。柳田は書物から学んだ理論に頼る研究者たちを心から嫌悪していたから、彼が北神に寄せた奇妙な愛情の一つにはこの読書障害が理由としてあるかもしれない。民俗学とは本質的に「読む」のではなく「聞く」ことで成立する学問だからだ。

そして滝子はいわば北神の読書係だった。

「いいわ、お話ししてあげる」

滝子は絵本をせがむ子供に母親が言うように囁く。雑誌や新聞や研究にどうしても必要な論文を滝子は北神に読み聞かせたり、時にはその要旨をかい摘《つま》んで話してやるのだ。それは滝子の北神への独占欲を満たす数少ない機会でもあった。

「三原山の騒動は去年の坂田山心中以来の自殺ブームの延長で起きた事件だったと言われてるんだけれど、あたしはちょっと違うと思う。最初はG女学校の宮田昌子って娘が二度にわたって同じ大学の女生徒の自殺の立会人となったって新聞が書き立てたのが始まりだったの」

「同性愛の心中未遂とかじゃなくて？」

北神がいつものように消去すべき疑問点を質《ただ》す。

「ええ、一部の新聞はそうも書き立てたけれど。でも彼女が言うには三原山の火口に近づくには一人では怪しまれると言われ同行を頼まれつい応じてしまったところ、またそれが別の級友に洩れて再び二度目の立ち会いをしたってことらしい。でもそれもあやしい」

「その子に会ってみたいな。G女学校なら君が昔、教えていたところじゃないか」

滝子は芸妓となる前は女学校の国文科助手であった。それが突然、職を辞し新橋の芸妓となったので当時はちょっとした話題の人であったらしい。

だが滝子は北神の願いを却下する。

「だめよ」

「意地悪を言わないでくれ、これもフィールドワークだ」

「フィールドワークね」

滝子の言葉に険《けん》が含まれているのは北神の日頃の行いにも原因があるのだろう。

「別に何もしないさ」

北神は苦笑いして言う。

「何かされてたまるもんですか。だって彼女、死人よ」

滝子は勝ち誇ったように言う。

「なんだって？」

滝子はとにかく北神が驚いた表情を見せるのが嬉しくって仕方がない。資生堂パーラーのどんな甘い飲み物よりも北神の困った表情が滝子を世界で一番わくわくさせるのだ。

「ジャアナリズムがセンセーショナルに書き立てたのよ、例によって。『死を誘ふ女』とか『異常神経の持ち主』とか。しかも新聞が書き立てれば書き立てるほど三原山は新たな自殺の名所になって、自殺者が増える。それがまた昌子のせいにされ、彼女、可哀想に学校からは放校処分とされ、ついにはほんの一週間ほど前、脳底髄膜炎で死んでしまったわ」

「できすぎているな」

北神は呟く。

「本当。昌子が死んだのって柳田が東京を発《た》ってあなたのところに向かう前日よ。しかも坂田山の時も三原山の時も先頭を切ってあることないことを書いたのが柳田の息のかかった東京朝日新聞」

滝子は含みのある言い方をする。

「口が過ぎるぞ滝子」

滝子は北神に叱られむっとした顔をして、食ってかかる。

「どうして北神ってばいつもそうやって柳田の味方なの？　あたしと北神の仲を裂こうとしたのだってあいつなのよ……」

「それは俺とお前が……」

言いかけて北神は言葉をつぐむ。滝子の目に涙が溜まっているのに気がついたからだ。


一夜明ければ滝子の機嫌《きげん》は直っていた。昨日の屈託を今日に持ち越さないのはいかにも東京っ子の彼女らしい。そして置屋に今日は座敷に上がらないと電話を入れると「フィールドワークを手伝って上げるわ、北神」と一方的に告げたのだ。滝子は経済的事情から芸妓になったのではなかったから置屋に借金があるわけでもなく、しかもその経歴の新奇さもあってか早くも上客が多く、従って力関係でも優位だった。いわば彼女は「フラッパアな芸妓」だったわけだ。

ところで今日の滝子は昨日の洋装とはうって変わって髪をまとめ訪問着に肩からショールを羽織《はお》る和装のいでたちであった。ファッションショーのように北神の前でターンするとポーズを作って言った。

「どう？　珍しい？　「天国に結ぶ恋」で八重子の役を演じた女優の格好を真似たの。映画で着た奴を監督にさっき届けさせたのよ。あたしの馴染みの客だから、あの映画の監督。気分を出そうと思って。これで北神が慶応大の学生帽を被《かぶ》ればもっと気分が出るんだけどね」

朝方、何か使いが届いたと思ったらこれかと北神は呆れ果てる。

「勘弁してくれ……まさかそれまで届いたんじゃあるまいな」

「それは勘弁して上げたわ」

滝子は朝から北神の困った顔を見られて満足した。それに北神の長身にあの足の短い男優の着た服が合うはずもなかった。

「じゃあ出かけるわよ、円タクを呼んである」

滝子は歌うように言う。

「行くってどこへ」

「だって北神が捜しているのは死体と死人でしょ」

「ああ、そうなるな」

「死体と言ったらもう決まっているじゃない」

滝子は悪戯《いたずら》っぽく笑った。

本郷の東京帝国大学のいわゆる赤門を滝子は我が物顔でくぐる。外国人のように長身の北神をまるでボディーガードのように引き連れているのだから彼女を誰何《すいか》する者などいないのがとても気持ちよかった。勝手知ったるという表情で滝子は赤煉瓦《れんが》の建物に入ると、曲がりくねってぎしぎしいう廊下を迷いもせずに進み目的の教室の前に立つ。

解剖学《かいぼう》教室、とある。滝子は口唇に人差し指を当て北神に合図すると半開きの扉から中を覗く。そして、音を立てないように扉を開くと足音を忍ばせて中に入り、書架と書架に挟まれた長机で、周りを厚い医学書で要塞《ようさい》のように囲み、その中で机に十センチほどにまで顔を近づけている白衣の男の背後に立った。

滝子は男の手許にあるものを軽蔑しきった目で一瞥すると、

「相変わらずね、そんなに死体を見るのが嬉しいの」

と残酷《ざんこく》な口調で告げる。

男は滝子の声に驚き一瞬、背筋をびくんと伸ばし、そしてすぐに突っ伏すようにして再び両手で机の上のものを隠すと脅《おび》えた目で振り向くのだ。

「た……滝子くん」

たちまち安堵《あんど》の表情に変わる。彼女の目には軽蔑の表情が浮かんでいるのに、である。その落差は男の滝子に対する倒錯《とうさく》気味の感情に由来する。

「別に隠さなくったっていいわよ、あなたが検屍《けんし》写真や殺人現場の写真を盗み出してこっそりそうやってスクラップしていることぐらい皆知っているわ」

滝子のいささかサディスティックな物言いを男は口許を歪ませながら――しかしというより平時でも男の口許は歪んでいるのだが――うっとりするように聞く。どうやらマゾヒズムの気《け》があるらしい。だがその甘美な時間を砕くように北神の声が追い打ちをかける。

「そう、知っている。昨日の東京朝日新聞に書いてあったらしい、帝大助手の変態趣味を暴露す、って」

「な……なんだって？」

男は慌てて声のした自分の正面を振り返る。その拍子に肘が医学書の山に触れて崩れる。するとその向こうには彼にしてみれば思いもかけない兵頭北神の顔があるではないか。

「ひっ……兵頭君……い……いつ内地へ」

「相変わらず変態は治らんようだな、養老《ようろう》」

北神は自分を見て幽霊でも見たかのように顔をひきつらせる男の名を呼んだ。養老一志《かずし》、帝大解剖学教室の助手であり、死体マニア。マニアが高じて古代人の死体、すなわち遺跡から発掘される人骨にまで興味を持ち、形質人類学の論文を何本かものにしている男である。その関係で柳田國男の知己《ちき》でもあったようだが、この昔語りでは一貫して滝子に言い寄る変質者として登場する。

「な……何か用かい……厄介は困るよ……学会から追放された君とつきあうとあまり良い噂は

立たない」

保身術だけで帝大助手になった養老は目を伏せて北神の顔を見ないようにして言う。その鼻先に一葉の写真が突き出される。するとパブロフの犬のように養老の視線は写真に釘付けとなる。

「手土産《てみやげ》だ。満州某重大事件で爆死した中華民国要人の死体写真」

養老は震える手で写真に手を伸ばす。だが指先が写真に触れようとした瞬間、「鳩山八重子の死体の行方が知りたい」と、犬にお預けを食らわすように北神が告げる。

養老の手がぴたりと宙で止まる。

「……」

額《ひたい》から一筋、汗が流れる。

「お前が知らないはずはない。趣味の関係の仲間から何か情報は入っていないか」

追い打ちをかけるように北神に言われ、養老は今度は額どころか全身から汗を噴き出す。

「し……知らない……本当に知らないんだ」

「ロマノフ王朝の美少女をロシア人のサディストが殺してバラバラにした時の写真だ」

北神はポーカーの手札を示すように二葉目の写真を突きつける。美少女が乳房と陰部を露《あら》わにして、両手両足を切断されて死んでいる。

「……知らない……行方は」

養老は写真を食い入るように見て、含むようにそう言った。

「じゃ何を知っている」

「ひ……秘密は守ってくれるだろうね」

養老は脅えと媚《こ》びが複雑に混じった目で北神の顔をちらりと見る。そして北神が口許を微かに動かしたのを肯定の意味にとった養老は研究室のキャビネットの奥から数葉の写真を取り出した。

長机の上に写真を並べながら養老は説明する。

「大磯の医者が検屍用に撮った八重子の写真だ……ぼくのコレクションと交換した」

写真の中では女が全裸で横たわっている。明らかに死体だが目立った外傷はない。手足が外国人の女優のように長い。

「全く医者や大学の助手が変態ばかりだからそうそう心中もできないわね」

滝子は呆れたように言いつつも写真を覗き込む。

「あれ？」

滝子は呟く。

「どうした？」

「顔が違うわ」

「何？」

「新聞に載っていた八重子の写真と全然違う」

「き……君もそう思うかい」

「君なんて気安くあたしを呼ばないでよ」

滝子に言われて養老は首をすくめる。

「別人よ、別人。絶対。八重子の死体はうんざりするほど新聞や雑誌で見せつけられたもの。北神、あんただって柳田から八重子の写真、渡されたんでしょ。気がつかない」

滝子に言われ、北神は手にした写真の束から一葉の写真を抜く。遊郭ではポケットのどこかに紛れて見当たらなかった写真だ。なくさないように今度はゴムで束ねておいたのだ。養老の写真の横に並べる。すると、養老は唸《うな》るように言う。

「……同じだ、こっちの方とは」

養老は机に這《は》いつくばるように両手をべっとりとつき、二つの写真を見比べる。

「……どういうこと、北神」

滝子も驚くが、北神は、どうせそんなことだろう、という顔をしている。

「そ……その写真、譲ってくれないか……その……生きている時の写真とセットにしてコレクションすることにしているんで……」

養老はおずおずと、しかし、図々《ずうずう》しくも言い出す。

「死ねば」

滝子はきっぱりと言う。しかしマニアックな彼が獲物を前にしてあっさり引き下がるわけもない。

「か……替わりにこれも見せるから……き……きっと兵頭くんなら気に入るはずだよ」

「やめて、北神をあんたの同好の士なんかにしないで頂戴」

しかし養老は滝子の揶揄《やゆ》に珍しく怯まず、再びキャビネットの奥に手を突っ込むと二葉並んだ写真の横にもう一葉、全裸の女性が寝台に仰向けに横たわる写真を並べた。

「誰？　それ」

滝子は興味なさそうに言うが、しかしやはり好奇心はあって新しい写真に見入る。

「み……三原山事件の宮田昌子の検屍写真……」

「それも同好の変態仲間から手に入れたのか」

「……い……いや……彼女の検屍はうちの研究室でやった。うちの教授は有名人の検屍が好きだから」

「師弟揃って最悪ね」

心底、呆れて滝子は言う。

「これも同じ顔だな……」

写真にしばし見入っていた北神はぽつりと呟く。

「そうだろ」

養老は我が意を得たり、という感じで上擦《うわず》った声を上げる。

「写真を比べる限り、け……形質人類学的には同一人物なんだ。だから兵頭くん、もし君が八重子の死体を捜し当てたら今度こそ解剖したい」

「今度こそ？」

滝子に聞き咎《とが》められ養老はしまった、という顔をする。

「やはりな……消えたのだろう？　検屍解剖をする前に」

「ひ……秘密だよ、ぼ……ぼくが言ったなんて口外しないでくれよ……。ちょっと目を離した隙《すき》に盗まれちゃって、で、仕方ないんで脳膜炎で死んだ背格好の同じ女郎の死体を闇で買い取って彼女ってことにして死体検案書を書いたんだ」

口外するな、というわりにはべらべらと養老は訊かれぬところまで喋《しゃべ》ってしまう。

「い……いいよね……約束してくれたまえ……ぼくに解剖を……もちろんこっそりとでいい……なにしろぼくは口が固い」

全くよく言うよ、と滝子は思った。

「ああ……もし死体で見つかったらな」

「あ……ありがたい……約束だ」

「じゃ、これはもらうぞ」

北神は机の上の三枚の同じ顔の写真を摘み上げさっさと束ねると懐にしまう。

「そ……それは」

「いいでしょ、あんた彼女の死体解剖したいんでしょ」

滝子はそうおぞましげに言い放つと、机の上の写真帳を思いきり机の向こうに放り上げた。床に養老のコレクションがぶちまけられる。

「や……やめてくれ……人に見られたらどうするんだ」

養老は慌てて床に這いつくばり写真を掻き集める。そして写真を全て拾い集め、ようやく彼が顔を上げた時には北神と滝子の姿は当然そこにはなかった。


東京朝日新聞社会部は夕刊の締め切りである午後二時半を過ぎて喧騒としていた。煙草《たばこ》の煙が部屋中に立ちこめ火事の現場のようだった。その一角でスリーピースに蝶《ちょう》ネクタイの洒落た男が受話器を肩口に挟みながら鉛筆で原稿用紙にさらさらと文字を書き留めていく。原稿を電話で受けとっているのである。周りの者の机は新聞や雑誌や書き損じの原稿が雪崩《なだれ》を起こさんばかりに堆《うずたか》く積み上げられているが、その男の机だけは整然としていて几帳面さがはっきりとわかる。彼は東京朝日新聞社会部記者・立花弘毅《たちばなこうき》である。

「立花さん、面会です」

給仕の少年が立花に声をかける。

「あと一分、待ってもらい賜《たま》え」

そう言いながらも手はすらすらと原稿用紙の上を動く。そしてその手がぴたりと止まるのと受話器を置くのは殆ど同時だった。

「相変わらず見事だな」

立花は声のした方向を振り返り、破顔する。

「戻っていたのか、北神」

そう言って駆け寄ると北神の手をがっちりと握る。やや大袈裟《おおげさ》な仕草だが嫌味にはならない。

「あたしもいるんだけど」

滝子が北神の後ろから顔を出し、口を尖らす。

「わかってるって。その鳩山八重子みたいな着物、似合うじゃないか」

直《ただ》ちに立花は滝子の機嫌をとりにかかる。女を誉める時のつぼは外さない。

「処女に見える？」

「そりゃもちろん。あの映画の女優なんかよりずっと清純に見えるさ」

「嘘おっしゃい」

滝子は口ではそう言うもののしかし悪い気はしない。社会部の記者にとって芸妓やカフェの女給たちは思わぬ情報源となるから女のあしらいは必然的に上達するのだ。

「それで今日は心中でもしようっていう相談かい。滝子ちゃんならうちの一面でバアンといくぜ」

立花は応接に二人を通し椅子を勧めて社会部記者らしい軽口を叩く。

「八重子の一件もそうやってヨタを飛ばしたのかい」

北神の不意打ちに立花は手にしようとしたコーヒーカップから大袈裟な身ぶりで手を離す。

「何のことかな」

無駄だと思いつつも、まずとぼけてみせるのはやはり食えない新聞記者である。だが北神の顔が思った以上に険しいのであっさりと両手を広げて降参のポーズをとる。

「仕方ないよ、宮仕えの身だ」

頭を掻きつつ弁解する。

「あっきれた……嘘なの、あの記事」

「嘘も何も地元の警察だってこれから検屍しようと死体を病院に持ち込んだところで陸軍から圧力がかかって無理やり埋葬させられたらしい。ただどこから洩れたのかえらい美人の仏さんだって噂が広がって、現場には何百人かの見物客が集まっちまっていたから記事にしないわけにはいかなかった。仕方ないんで残った男の方の死体と、たまたま神奈川の方で見つかった服毒自殺した女学生の死体をひとまとめにして、現場も語呂のいい坂田山って名付けて、ちょっと尾ひれをつけてだな……」

さすがに立花も言いにくいのか口籠《くちごも》る。

「じゃあ、何なの、あの二人が死の間際に撮ったとかいう写真」

「ありゃ合成写真だよ。顔のところだけ貼り換えて継ぎ目を目立たなくしてもう一度、写真に撮る。うまいもんだろ」

立花は写真偽造の手口を告白する。

「八重子が処女だったというのも嘘？」

「そりゃ、あの子は男と心中したわけじゃないもの。当然と言えば当然だ。ま、今時の女学生だからわからんがな」

「わからんが……じゃないでしょ、じゃそれもでっち上げ」

滝子は信じられない、という表情で大声を出す。

「滝ちゃん、頼むよ。新聞社の中でそんな人聞きの悪いこと言わんでくれ……推理だよ、推理」

立花は滝子を両手で拝むようにして言う。

「……派手な記事を書いて世間を欺《あざむ》けと言ったのは軍か？」

それまで滝子と立花のやりとりを黙って聴き流していた北神はじろりと立花の目を見て訊く。

「あ……それは……」

立花は躊躇したように唇を上下させ言い淀《よど》む。

「その顔でわかった。お前の口から言いたくなければ言わなくてもいい」

「助かる。多分、君が頭の中で思い浮かべている名と同じだ」

立花はほっとした表情になり、すまなそうに付け加えた。

「じゃあもう一つだけ教えてくれ。盗まれた死体は最初に死んだ方か、それとも鳩山八重子の方か」

「それは……最初の死体の方だ。墓所から掘り起こされて忽然と消えちまった。それで慌てて鳩山八重子の死体を海岸に放り投げといて「発見」したって段取りらしい……これ以上は勘弁してくれ」

そこまでをようやく絞り出すように立花は言った。

「ありがとう……助かったよ」

北神は静かにそう言って立ち上がると滝子行くぞ、と目で促す。滝子は北神が立花をこれ以上追及しないことに不満そうな表情を少し見せたが黙って後に続いた。

滝子が北神を追って階段を下りかけると頭上から、

「北神！」

と立花が呼び止める声がした。北神は振り返らず、ただ立ち止まった。

立花がその背に叫ぶ。

「おまえ……柳田先生の許に戻る気はないのか。俺はお前の才能が惜しい。お前にこんな探偵まがいのことをさせる先生の気も知れないが……とにかくここは一つ大人になって先生に詫《わ》びを入れて……もう一度、民俗学をだな……何なら俺が間に入ってもいい」

立花は追い縋《すが》るように階段を途中まで下りてくる。立花は新聞社時代の柳田に知己を得て門下となった人物である。彼は彼で北神の才能を惜しんでいるのだ。

北神はしかし軽く首を振る。

「心配してくれてありがたい。しかしこれはこれで性に合っているんだ」

嘘おっしゃい、と滝子は思ったが口にしなかった。そしてあなたはこれ以上こちら側には来れない人でしょとでも言いたげに立花と北神との間を遮《さえぎ》るように立つ。立花は動けない。それを確めると滝子は勝ち誇ったような表情を浮かべ階段を下りていく北神の背を追うのだった。

もちろん滝子はどこまでだって付いていくつもりだった。

「それにしたって一体全体どういうことなの？」

滝子はビリヤードの球を所在なげに突いた。滝子が住んでいるのは代官山の同潤会アパートで、そこは大おばが生涯を終えた場所でもある。

同潤会アパートは当時としても珍しいのだが、食堂や公衆浴場、そしてビリヤード場までも設置されていた。人間関係が疎遠になりがちな都会の生活に対して住民同士の親睦《しんぼく》を図らんとするものだったが、単身者の多かった同潤会アパートでは住民は近くの盛り場に流れていってしまって利用者は少なかった。

北神はビリヤード台に頬杖をついて本の頁《ページ》をめくっている。その目の前をビリヤードの球が退屈そうに行ったり来たりする。

「大磯で最初に見つかった心中死体の女の方と宮田昌子は多分、同一人物だ。そして女は多分、どこかでまだ生きていて男を誘っては殺している」

ぽつりと北神は言う。

「私はあなたの推理を訊いてるんじゃないわ。わかっているくせにとぼけないで頂戴。私が知りたいのは柳田國男が何をたくらんでいるかってことよ。坂田山心中のヨタ記事を立花に書かせる一方で消えた死人の女を捜せって……その意図よ」

「さあね」

「さあね、じゃないわよ……」

「…………」

「ま、いいわ……」

滝子は諦めてまた球を突く。

「事件が解決しなきゃ、ずっと北神はあたしの側《そば》にいてくれるんだから」

一人言のように言い、しかし滝子は北神の顔を不安げに盗み見る。北神はまた、本の頁をめくる。

「もお、人の話を聞いてよ」

滝子は忌々しげに北神の前に立ち、本をとり上げる。

「何読んでんの、探偵小説？」

と言いながら本の表紙を確かめる。そして、滝子の顔が突然険しくなる。

「北神、あなたまた変なこと考えているんじゃないでしょうね」

本の表紙には柳田國男『山の人生』とあった。この書物は滝子にとって生涯、不吉な書物であった。だからこの本の頁を何故、北神が開いているのかその理由が恐ろしくて滝子はこれ以上追及できない。

北神も何も言わない。

「ああ……もう、それにしたって淋《さみ》しいビリヤード場よね」

滝子ははぐらかすように震えた声で言うと、本を北神の前に差し戻す。しかし次にくる沈黙には耐えられないと思う。

その時、滝子にとっては救いの手ともいえる声がした。

「それでもアパートができた頃は結構人が集まったもんだよ……住人のビリヤード大会だって開かれたんだから」

管理人の老人が近づいてきて滝子に声をかけたのだ。客は北神と滝子しかおらず、所在のない彼は話しかけるタイミングを待っていたらしい。

「へえ……そんなのあったんだ、私も出たかったな」

とってつけたように、しかも明るく作った声で滝子は言う。北神の手にした本から北神の気持ちを逸らしたい一心で老人との会話を続けようとしたのだ。

若い滝子が思いがけなく好意的な対応をしてくれたので老人は嬉しくなって管理用の小部屋に戻るとアルバムを抱えて戻ってきた。

「ほら、ビリヤード大会の時の写真だ。一昨年まではやっていたんだ」

一番新しい頁を滝子に示す。

「へえ……楽しそうね」

滝子は『山の人生』を北神の目から隠すようにその上にアルバムを置く。払いのけられると思ったが、北神はどうしたわけかアルバムに見入っている。何か嫌な予感がした。

「……この女は」

北神がアルバムの中の集合写真を指さした。

「ああ……？」

老人は眼鏡《めがね》を額の上にずらし、アルバムに顔を近づける。

「この女？」

「知っているか」

滝子もアルバムを覗き込む。そして血の気が引いていくのが自分でもわかった。あの消えた死体の女が住人に紛れて写っていたのだ。

「知ってるも何もこのお嬢さんの部屋の以前の住人じゃないか」

管理人は滝子の方を向いて訝しげに言う。

「わしゃ、てっきり知り合いかと」

「そ……そうね……よく見たら知ってたわ」

滝子はそう言いながら心底、怒りが湧いてきた。そして、やっぱり柳田の策略ね、滝子はそう小声で呟きながら、許すもんですかあの狒々爺と思った。何故なら滝子にこのアパートを格安で譲ったのは誰あろう柳田國男、その人であったのだ。

翌日、朝早くこっそり部屋を出ようとする北神に滝子は気づき、省線で行くという北神を引き留めると無理やり円タクを呼び、着の身着のままで強引に車に押し込んだのであった。だが、てっきり柳田の許に乗り込むのかと思いきや北神が告げたのは別の場所だった。車は東京のはずれに乗りつけた。

北神が立ち止まった路地の前に立つと強い異臭が滝子の鼻孔に不意に侵入した。その臭いが何とも判別のつかないのは当然であって残飯屋の店先から流れてくるものだった。汁菜、沢庵《たくあん》の切れ端、食パンの屑《くず》といったものが混然と桶《おけ》の中に盛られ、それを二銭三銭で量り売りしているのだ。

「あれ……食べるの？」

「ああ、慣れりゃ悪くない」

北神は冗談とも本気ともつかぬように言う。

「うそ……」

滝子は次の言葉が出てこない。

残飯屋は軍隊、学校、百貨店などから出る、残飯を払い下げられ細民街《さいみん》で売る業者を言う。通りにはその残飯屋以外にも露店が並んでいる。垢《あか》だらけの浴衣《ゆかた》やら空き瓶といった廃品としか思えないものを並べて売っている古道具屋や、筵《むしろ》の上に古マッチの山をつくって一山いくらで売る店などが並ぶ。

北神と滝子は市電の板橋終点近くで車を降りて中仙道沿いに歩いてきたのだ。円タクがここに近づくのを嫌がった理由もわからなくはなかった。そこは戦前の東京には何十とあったいわゆる貧民街の一つであったのだ。痩《や》せこけて半裸の子供たちが警戒するように北神と滝子を見つめる。滝子は思わず北神の背に隠れ、「帰ろう」と北神の袖を引く。

「だからついてくるなと言ったろう」

「だって……」

半泣きの声がそれ以上後に続かない。長く喋れば息を吸って吐いてしまいそうだった。それはしてはいけないことだと滝子は必死で耐える。

北神はしかしそんな滝子を気遣うこともなく、今にも崩れ落ちそうな二軒の長屋の一方の四尺余りの戸の前に立つ。

「ここ……は？」

不安げに滝子が訊く。

「産院さ」

北神は戸口の上を指さす。そこにはずらりと絵馬が並んでおり、滝子は思わず息を呑む。何故ならそこには鬼のような形相《ぎょうそう》をした女が桶の中で今しがた生まれたばかりの赤ん坊の首を絞めているおぞましい絵が描かれていたからだ。

北神が引き戸に手をかけると内側から手が伸びてきて引き戸が開く。着物の袖で顔を隠した若い女が連れの年配の女性に抱き抱えられるようにして出てくる。鉢合わせとなった北神の姿に驚いた年配の女は若い女を咄嗟に隠すように庇《かば》い、そして逃げるように路地を走り去っていった。

「変なの……あんな良家の子女みたいな人が何でこんな産院に来るの……」

「良家の子女だからさ……」

北神は地面を指さす。そこには女の走り去った方向に点々と血の跡が続いていた。

「月のもの……じゃないわよね」

「ああ……ここは子返し専門だ」

そう聞いて滝子は女として居たたまれない気持ちになる。

「入るならさっさと入っとくれ……うちは人目を忍ぶ商売なんだ」

中から叱責《しっせき》するしわがれた声がする。滝子が中を覗くと尼僧《にそう》のような剃髪《ていはつ》の老女が血で真っ赤に染まった手桶の中で手を洗いながらこちらを睨《にら》んでいた。

畳は湿気をたっぷり含んでいて、座るとそのまま人の重みでずぶずぶと沈んでしまいそうだった。

「何ヵ月めだい」

老女は滝子を品定めするように言う。滝子は否定しようと顔を上げ、老女の顔を見て息を呑んだ。瞳がうさぎのように赤いのだ。よく見れば垢だらけだが肌も白人のように白い。

「なあに恐くない……あっという間だ。ちょっと重い月のものが来たと思えばいい」

老女はそういう目で見られるのに慣れているのか気にする様子もない。

「いや、そういう用じゃない」

北神はそう言って「八重子」の写真をその赤い目の女の前に突き出す。それを見て老女の表情が明らかに変わる。

「客じゃないなら帰っとくれ」

老女はそそくさと立ち上がろうとする。

「仲間だろ、あんたの」

だが北神が挑発するように言うと、「仲間なもんか」と老女はかっとして振り返って言い返す。

北神は札入れから数枚の紙幣を取り出す。

「馬鹿にしないでおくれ、あたしは物乞いじゃない」

老女はそれを憤然として押し返す。そして改めてもう一度、北神と滝子を品定めするかのように見る。

そして、ふうと諦めたかのようにため息をつく。

「あんたどうやら刑事でも新聞屋でもないようだね」

赤い瞳がじろりと北神を見る。

「ああ、神に誓って」

「誓わなくたっていいさ、そんな居もしないものに。でも何であんた、この女のことをあたしが知ってると思ったんだい」

「この女は少し前まで目黒の西郷《さいごう》山近くに住んでいた」

西郷山とは滝子の住む同潤会アパートから目と鼻の先である。西郷従徳侯爵《じゅうとくこうしゃく》の広大な敷地内にある丘を言う。坂田山に続き、また山である。そんな些細なことさえも今の滝子のささくれだった神経に引っかかる。

「西郷山って、まさか今年の初めの貰い子殺し事件の？」

滝子は思わず口を挟んだ。

貰い子殺し事件とは新聞広告に出ていた「子あげます」の広告を見て引き取った子を二十五人殺害した事件で、逮捕された男は養子に添えられる一時金の養育費をせしめるのが目当てであった。二月に事件が発覚、大騒ぎとなり、死体が埋められた西郷山は桜の名所だったがさすがにこの春は近づく者はいなかった。いつにも況《ま》して桜の花の色が濃いと周囲の者は皆、囁き合っていた。そしてその新聞を北神に読み聞かせたのは誰かと考えると滝子は胸がきりきりと痛んだ。少なくとも滝子ではなかった。

「捕まったのは男だがそれは奇妙だ。子返しは産婆の仕事だ」

「ふん……産婆っていったってお上の決めた新産婆にはできない」

日本が近代国家になる過程で「とりあげ婆さん」と呼ばれた民間の産婆は国家管理の対象となり、産婆試験に合格した新産婆が昭和に入ると産婆の大半を占めていた。老女はもぐりではなく国家が承認しなかった旧産婆の一人と思われる。

「それにここは三年前に同じ貰い子殺しが発見された岩の坂だからね。あんたがその女とここに縁があると当たりをつけたのはわからないわけじゃないさ」

「え……」

滝子は老女の口から岩の坂の地名が洩れるのを聞き思わずぞくりとした。市外板橋町の細民街で貰い子斡旋《あっせん》人から譲り受けた赤子をやはり養育費目当てで殺すという事件が三年程前にあったが、ここがそうなのかと思うと鳥肌が立った。そして近くの西郷山に死体が埋まっていると聞いた時は平気だったのに、やはり私はここが細民街だからそう感じるのだろうかと滝子は恥じたが、鳥肌はやはり収まらなかった。

「いいさ……周りがここの人間をそんなふうに見るのは別に構わない。実際に三年前、貰い子殺しで手を汚したのはここの住人さ。だが奴のしたことはあたしたち子返しをする産婆とは筋が違う事件だってことはわかってくれ。あたしたちは生まれる前か、生まれた直後、赤子が産湯《うぶゆ》に浸かる前に戻すんだ。赤子が人になる前にね。ほら「天国に結ぶ恋」って映画で有名になった女、いたろう。あの娘はあたしたちの筋の方の客さ。昇汞を飲んで死んだって新聞に出てたけど、ありゃ堕胎《だたい》薬さ。量、間違えて飲んで死んじまったんだ。だから二人は清かったなんて大嘘さ」

滝子は思わぬ形で身代わり心中死体に使われた鳩山八重子の自殺の原因を知ることになってしまい、居たたまれない気持ちとなった。

「すると岩の坂の事件にもこの女が関わっていたのかい」

北神は畳の上の写真を指さす。

「ああ、両方ともあの女が元締めだよ。産院や貰い子斡旋屋と話をつけて、西郷山の男やこの岩の坂の自称念仏修行の女に引き渡して始末させる。法律違反のあたしらに子返しをさせるより合法的に産んで里子に出して殺させる方が近頃じゃ人気だよ。さすがに二度、お上にばれちまったのでしばらくは大人しくしているが上流階級のお嬢さんとかそれからモガって言うのかい、近頃流行りの……ああいう連中の男関係が乱れてる限り、また動き出すって……何しろ需要はある……」

老女は吐き捨てるように言った。彼女は決して赤子の死を願っているわけではないのだ。

「その女の行方はわからないだろうな」

「ああ、悪いけど、本当にあたしにゃわからない。だがもしかすると神戸に帰ったのかもしれない」

記憶の糸を手繰《たぐ》るように老女はぼそりと言った。

「神戸……？」

「ああ、みんなあの女のことを神戸の叔母さん、って呼んでいた」

その言葉に北神の顔が強《こわ》ばったのを滝子は見逃さなかった。理由は滝子にもわかっていたから余計に恐ろしかった。そして滝子を更なる不安へと誘うかの如く、北神は、「柳田先生のところに行くぞ、滝子」と冥府の住人のような凍てついた怒りの声で言ったのだ。

柳田邸は東京府下の北多摩郡砧村喜多見《きたみ》にあった。板橋から円タクを飛ばして二時間余り、北神は車中、一言も口を利かず、滝子はずっと北神のコートの袖を握りしめていた。そうしなければ彼がどこかに行ってしまいそうだったからだ。

一面に広がる芒野原《すすき》と櫟林《くぬぎ》が不意に開け、突如、山荘ふうの南北に長い洋館が現れる。柳田が婿養子に入った加賀町の本宅とは別にようやく建てた書斎兼別邸である。かつては滝子も北神に連れられ頻繁に出入りしていたが今はすっかり足が遠のいていた。

北神は南側の玄関の扉を開けると何も言わず上がり込む。そこは四十畳ほどの図書館といってもよい広さの書斎であり、中央に置かれた作業机から二、三人の書生が不意の来客に慌てて立ち上がる。

そしてそれが兵頭北神であるとわかるとある者は怯み、ある者は顔面を蒼白にした。無理もない。兵頭北神は表向きは柳田の逆鱗《げきりん》に触れ破門されたことになっている。そのような者を家に上げたとなれば今度は書生たちが破門されかねない。彼らの多くは転向した帝大出身の左翼学生らだった。自ら作った民俗学者の若手グループからは孤立していたとはいえ、元貴族院書記官長で朝日新聞社論説委員であった柳田の政治力は小さくはなかった。

「ひょ、兵頭くん……君、誰の許しを得て」

「か……帰ってくれたまえ」

書生たちは北神の前に立ち彼を制しようとするが、その形相に圧倒され、ただ口々に騒ぐだけだ。それが逆に騒ぎを階上のこの館の主に知らせることになった。

「やかましい」

柳田が癇癪とともに書斎奥の階段を下りてくる。そして北神の顔を見て絶句した。

柳田の顔を見て北神の怒りは爆発する。

「あなたはやっぱり隠していたんだな、柳田先生……」

「な……何のことだ……」

北神の血相に柳田は怯み、階段の途中で足が止まる。

「言ってもいいのか、皆のいる前で。あなたが山人がまだ生きていることを隠していたことを。陸軍はやはり全ての山人を始末することができなかった……それどころかまだ生き延びて平地人に復讐《ふくしゅう》しようとしている……それが今度の自殺騒動やあんたが知らん顔を決め込んでいる二度に亘《わた》る貰い子殺しの真相だっ！」

北神の剣幕よりも、そこで彼が口にしていることに柳田は青ざめた。それは決してあってはならない、表に出てはならない真実だった。

「……き……君たちは下がっていろ、儂は北神と話がある」

柳田は震える声で書生たちに告げる。

「し……しかし……先生の身にもしもの……」

書生たちは柳田の身を案じる。

「いいから行けっ！」

柳田が容赦のない声で書生たちをもう一度怒鳴ると、蜘蛛《くも》の子を散らすように書斎から飛び出していった。

そして滝子は怒りに肩を震わせる北神の背中を脅えたように見つめ、彼の口からとうとう「山人」の二文字が発せられてしまったことに深く絶望した。

「するとその女は本当に神戸の叔母さん、と呼ばれていたと言うのだな」

尋常《じんじょう》でない剣幕で人払いをした柳田は階段を下りてきて北神の前に立ち、待ちきれないように切り出す。表情は強ばっているが、にもかかわらずわずかに上気しているようにも見える。

「神戸の叔母さん、とは何者です」

長身の北神は苛立つように柳田を見下ろす。

「尋ね人といったところだ、儂の」

柳田は白《しら》を切る。

「とぼけないでいただきたい」

「だったら何者だと思う……」

今度は謎かけのように切り返され、北神は一瞬、躊躇《ためら》う。

「……山人です……山人の女でしょう」

「山人は死んだ。東京大震災に乗じての陸軍の山人狩りで山から東京に逃げ込んだ全てが死んだ」

北神の苛立ちを逆撫でするように柳田はまたも白を切り通すつもりだ。

「もうやめて……」

滝子が二人の間に割って入る。

「お願い……北神も柳田先生も山人のことなんか口にしないで下さい……お願い」

滝子は懇願《こんがん》するように言う。気丈な彼女とは思えないほど取り乱している。

柳田は無言で滝子を脇にのけると、書架から一冊の書物を抜き出して北神に差し出す。『山の人生』と表紙にはある。大正十五年、関東大震災から三年後に上梓《じょうし》された柳田のいわくつきの論文集である。この書を最後に柳田國男は山人を軸にする「異人」の民俗学から天皇を頂点とする「平地民」の民俗学へと転向したとも言われる。

北神はその『山の人生』の表紙を見つめる。左の頬が痙攣するように歪む。それがこの書に対する北神の複雑な感情を物語っている。肌身離さぬくせに、柳田に改めて示された時には忌《いまわ》しい記憶がよみがえるのだ。そして憑かれたようにその禁断の書に手を伸ばす。

「やめて、北神、さわらないで」

滝子は叫び手を伸ばすが空を切る。『山の人生』は北神の手の中に移動した。

そして北神はゆっくり頁をめくっていく。ところどころ柳田の赤字が入っているところから著者校訂本だと思われる。だが『山の人生』に限っては柳田の校訂本は何故か今日《こんにち》は現存しないのだ。

「栞《しおり》の替わりに写真が挟んである」

柳田の言う通り一葉の少女の写真が挟み込まれている。

北神はその頁を開く。

そして、滝子に差し出し「読んでくれ」と言う。

「いやよ……」

滝子は本から目を逸らす。

「読むんだ……最初にこの本を捜し出してきてぼくに読み聞かせたのは君だぞ……」

北神が責めるように言うのが滝子にはつらかった。

「……それはあたしがなにも知らなかったから……山人のことも柳田が何者かってことも」

「読んでやればいい」

柳田は滝子に他に選択肢がないことを知っていてそう命じる。

滝子は抗《あらが》えない。

本を読み聞かせることで滝子と北神は繋《つな》がっているのだ。震える手で本を受け取り、開かれた頁に目を落としその一節を読み上げる。「神隠しに遭い易き気質あるかと思う事」と題された文章の後半の一節である。


これも自分の遭遇ではあるが、あまり小さい時の事だから他人の話のような感じがする。四歳の春に弟が生まれて、自然に母の愛情注意も元ほどでなく、その上にいわゆる虫気《むしけ》があって機嫌の悪い子供であったらしい。その年の秋のかかりではなかったかと思う。小さな絵本をもらって寝ながら看ていたが、頻《しき》りに母に向かって神戸には叔母さんがあるかと尋ねたそうである。じつはないのだけれども他の事に気を取られて、母はいい加減な返事をしていたものと見える。その内に昼寝をしてしまったから安心をして目を放すと、しばらくして往《い》ってみたらもういなかった。ただし心配をしたのは三時間か四時間で、いまだ鉦太鼓《かねだいこ》の騒ぎには及ばぬうちに、幸いに近所の農夫が連れて戻ってくれた。県道を南に向いて一人で行くのを見て、どこの児《こ》だろうかといった人も二、三人はあったそうだが、正式に迷子として発見せられたのは、家から二十何町離れた松林の道傍であった。折よくこの辺の新開畠にきて働いていた者の中に、隣の親爺《おやじ》がいたために、すぐに私だということが知れた。どこへ行くつもりかと尋ねたら、神戸の叔母さんのところへと答えたそうだが、自分の今幽《かす》かに記憶しているのは、抱かれて戻ってくる途《みち》の一つ二つの光景だけで、その他はことごとく後日に母や隣人から聴いた話である。(柳田國男『山の人生』)

「もう勘弁して……」

滝子は耐えきれないといった様子でテーブルに本を置き、そして崩れる如くに床にしゃがみ込む。

「柳田先生……あなたは神戸の叔母さんにこの時、会ったのですね。本の中では隠しているが……」

「人の目に触れる場所には本当のことは書けぬ。文章は写真ではないのだ」

柳田は平然と言い放つ。自然主義文学嫌いの柳田にとって、ただ事実を写真の如く写しとる文章に何の価値もなかった。彼はパズルのようにその論文に真実を隠蔽《いんぺい》したのである。

「この写真の娘は……」

そう言いながら柳田の表情がふと変わり、滝子の投げ出した本を手にすると、栞の替わりの写真を愛しそうに掌の中に収めながら遠い目をした。途端に柳田の周りの空気が凝縮する。滝子はしまった、と思うがもう遅い。柳田は語りの磁場を成立させてしまった。耳を塞いでもその語りは滝子と北神の耳に届いてしまう。それが柳田國男という希代の語り部の力である。

そしてにやりと翁《おきな》の面のように笑うと柳田は滔々《とうとう》と「昔語り」を始めるのであった。

「この写真の娘は近くに住んでいた私の幼なじみだ。この時、神隠しに遭ったのは私ではなくその娘の方だ……」

『山の人生』の中で柳田は自分が神隠しに遭いやすい気質の子供であったと主張し幼児期に於ける幾度かの神隠し体験を語っている。神戸の叔母さんを捜しに行くと言って迷子になった挿話はその一つである。

しかし柳田がこの日、北神と滝子に語ったもう一つの神戸の叔母さんの挿話とは以下のような物語であった。

秋の日の夕暮れ。四歳の柳田は兵庫県神東郡田原村辻川の生家の縁側で退屈そうに絵本を眺めていた。柳田が日本一小さいと後に呼ぶ家である。年の離れた弟が生まれ、ただでさえおよそ世間とは折り合えなかった父に替わって家を切り盛りせねばならぬ母の関心は國男には薄くなった。つまり國男はすっかりいじけていたのである。その國男のぽっかりと空いた穴に少女は忍び込んだのだ。庭に一人の少女が姿を見せる。十三歳か十四歳か、当時ならもう嫁に行っても良い年である。都会ふうの洋服を着ていたのも珍しかったが、どこの子とははっきりしない。何日か前、やはり國男がぽつねんと絵本を開いていると近づいてきた。絵本を読んでくれ、とせがむと本は読めない、という。その替わり、西洋の歌やダンスを披露《ひろう》してくれた。それから國男が一人でいると不意に彼女は現れるのだ。

だからその日も期待していなかったといえば嘘になる。絵本に飽きて縁側から身を乗りだし乾いた地面の蟻地獄《ありじごく》をぼんやりと眺めていると彼女の気配がした。気配のした方を見ると赤い靴がまず目に入る。そしてすらりと長い臑が白いワンピースから覗く。

あの子だ。

國男は胸を躍らせ、面を上げる。

だがいつもと少し様子が違う。その顔は何故か寂しげだ。手には風呂敷包みを持っている。

「どうした……？　どこかに行くんか」

「神戸」

ぽつりと少女は言う。それはまだ國男が行ったことのない都会の名だった。

「神戸に何しに」

「神戸の叔母さんに呼ばれた」

「いつ帰ってくる」

不安になって國男は訊く。

「もう帰らない」

少女の言葉に國男の胸は締めつけられる。

「さよなら」

少女は突っ立ったままぼそりと言う。

「ま……待って……一人でいくんか」

國男は慌てて踏石に下りて草履《ぞうり》を突っかける。

「神戸は遠いぞ……もうすぐ日が暮れるし一人じゃ危ない……一緒に行ってやる」

國男は思わずそう言ってしまって少しだけ後悔する。少女はいいとも悪いとも言わなかった。

そして國男は座敷の奥を向き、ちらりと母の姿を探す。弟に乳を含ませている。國男はその光景に何故か胸が締めつけられた。

「神戸の叔母さんちに行ってきていいか」

國男は母に声をかける。

「ああそうかい」

だめだと止めてほしいのに生返事が返ってくる。顔さえ上げてくれない。その母の冷たい態度が國男に決意させた。

「行くぞ」

國男は一人でむきになって少女の手をとって表の通りに出た。柳田の故郷、辻川は地名の如く東西南北に街道の交差する町場であり人力車が行き交うその道はきっと神戸にも続いていると國男は思った。


「だが柳田先生……あなたは帰ってきてしまった。神隠しに遭ったのに……何故です？」

北神は柳田に背を向け窓から見える多摩の丘陵を眺めながら訊いた。

語りの場から逃れられなくとも聞き手は語りを促す相《あ》いの手を入れることだけは許される。北神はその作法に従い尋ねたのである。

「……儂は追い返されたのだ」

書斎中央の柱の脇にある自分専用のセクレタリー机の前に腰を下ろし、切なげに柳田は言う。しかしそれも「語り」のうちである。

「誰にです」

「神戸の叔母さんに、だ。儂は少女と十里ほど歩いた。すると街道沿いの村から一人、また一人と彼女と同じ年頃の年端《としは》もいかぬ少女が無言で儂たちに加わった。彼女たちは皆手足が異常に長く瞳も大きく、まるで外国人のような面持ちをしていた。まるでお前のようにな。それが山人の身体上の特徴だと今の儂ならわかるが、あの頃は不思議でならなかった。そして一行が十数人に膨れ上がり、ある村の三本辻に来たところであの女は立っていた」

橋や坂とともに三本辻とは此岸《しがん》と彼岸《ひ》の境界といわれる場所である。そして再び「語り」の結界が北神と滝子をとらえていく。

女は少女たちの人数を確かめ最後に國男を指さして「あんたはだめよ」と言った。

國男はこのまま少女たちと見知らぬ地へ連れて行かれることに不安であったが、しかし、面と向かって拒まれるとそれはそれで悲しかった。

「どうして」

「だって坊や、あなたは男で、それに里の子でしょ」

女は諭《さと》すように言う。里の子、の意味が國男にはわからなかった。ただそう言われ、ひどく理不尽な気がした。

「確かにあんたには里に紛れ込んだこの娘らが見えるようだから少しは私らの血が混じっているのかもしれないが、でも連れて行くわけにはいかない。だって、この娘らは春を売りに行くんだから」

「はる?」

國男は意味がわからずきょとんとした顔で女を見上げる。すると例の少女が國男に近づいてきて、國男の前にしゃがみ込み彼の頬に掌を添えて國男の目をじっと覗き込む。少女の灰色がかった瞳に自分の顔が映り、國男はその中に吸い込まれそうになる。

そして少女は國男の耳許でこう甘く囁いた。

「大きくなったらあたしを買いにきて」

國男はそのまま意識が遠くなった。そして気がつくと見知らぬ夕暮れの道を一人でとぼとぼと歩いていたという。


滝子は我に返る。柳田が自ら昔語りの結界を解いたのだ。

「……その女が神戸の叔母さんと呼ばれていたのなら……やっと見つけた」

柳田は『山の人生』の頁をまるで余韻に浸《ひた》るように閉じた。

「……何、とぼけたこと言ってんのよ、狒々爺!」

突然、柳田の余韻をぶち壊すように滝子がヒステリックな声で食ってかかった。「昔語り」にこれ以上呑み込まれないためにはその余韻に聞き手が取り込まれないうちにそれをかき消す必要があった。だから滝子は品がないくらい思い切り喚《わめ》き立てる必要があった。

「あんたが捜している女ってあたしのアパートにあんたが住まわしていた女でしょ? お堅い

あんたにしちゃ妾を囲うってのは誉めてやってもいいけど、でもそれを北神に捜させるのは迷惑よ。この人は、北神は山人って聞けば見境なくなるんだから……お伽噺《ときばなし》なんかして北神を惑わせるのはやめて頂戴」

「な……何のことだ」

柳田は滝子の剣幕に圧倒されながらしかし要領を得ないという顔を浮かべた。

「とぼけたってだめよ、同潤会アパートの管理人から聞いたんだから。あの写真の女があたしの今いる部屋に住んでたってこと」

「なんだと……代官山に彼女がいた……と」

呻《うめ》くように柳田は言う。

「ずいぶんおとぼけが上手いじゃない、狒々」

「……滝子、口が過ぎるぞ」

北神がたしなめるように滝子の手を掴む。

「何で柳田の味方するの？」

滝子は北神を振り返り抗議する。だが北神はもう一度、首を左右に振り滝子を制する。そして柳田の前に立って言う。

「……柳田先生……あなたが捜しているのは〝神戸の叔母さん〟本人ではないのでしょう？」

北神に言われ図星であった柳田は諦念したようにふう、とため息をつく。

「ふん……流石《さすが》だ。お前の直感力を生かせないとは民俗学にとっても贖《あがな》いがたい損失だ」

「はぐらかさないで下さい先生。それではあのアパートにあなたがかくまっていたのは誰です……」

「魔子《まこ》……だ」

柳田は牧師に懺悔《ざんげ》するようにその名を口にする。

「魔子って名の愛人なわけ？　ずいぶんと今ふうね」

「どこで出会ったのか知れないがその娘はあなたの隣家に住んでいた少女と瓜二つだった……」

北神は彼の推理を柳田に突きつける。

「何ですって」

滝子が驚きの声を上げる前に柳田が興奮を隠しきれないように語り出す。

「瓜二つなどではない……同一人物だ……何故なら彼女は儂を見た時、「あらずいぶん遅かったのね、私を買いにくるの」と言ったのだぞ……彼女は私がこんなに年をとったのにあの日と同じ少女のままなのだ……」

柳田の目は明らかに正気から半歩逸脱しかけていた。

「見苦しい……老醜《ろうしゅう》ってやつよ」

滝子は吐き捨てる。

「いや……山人は長寿だ……成長も遅いが時には冬の獣のように冬眠をする、とも聞く。年をとっていなくとも不思議じゃない」

北神は柳田の憑かれたような言葉を肯定する。

「やめてよ、北神まで……」

だが北神は滝子に耳を貸さない。

「あなたは約束通りあの少女を買いとった……そしてかくまった……ああ、そうか加賀町の自宅とは別にこの奇妙な書斎兼別宅を作ったのもここにあの子を隠すためか……」

「……山が見えるところがいい……と言ったのだ、あの娘が」

窓からは多摩川対岸の丘陵だけでなく、遥か秩父の連山や大菩薩峠《ぼさつとうげ》、道志《どうし》、丹沢《たんざわ》から大山《おおやま》に至るまでの山々が全て見渡せた。

「ふーん、それが奥さんにばれて慌てて同潤会アパートに囲ったわけ？」

滝子は揶揄するように言う。彼女としては少女を何が何でも柳田の愛人に貶《おとし》める必要があった。

「違う……あやつめ……岡を誘惑しおった……」

柳田は吐き捨てる。

「やれやれ。それが岡さんとの離反の真相、というわけですか」

「ばっかばかしい」

滝子が口を挟む。

「……今年の初め、魔子が突然、姿を消した……だが睨んだ通りだ……その産婆の言うことが正しければ西郷山の事件が発覚して魔子とともに消えたのだ。やはりあの女が魔子を連れ去ったのだ……」

柳田は音色を整えながら再び語りの場を成立させるタイミングを計る。

「……質問」

それを阻止せんと滝子が手を挙げる。

「なんだ」

話の腰を折られて忌々しげに柳田が言う。

「何で柳田先生は〝神戸の叔母さん〟の生きてる時の写真を持っているのよ……ほら北神、お出しよ」

滝子は勝手に北神のコートのポケットに手を突っ込み例の写真の束を取り出す。八重子とすり替えられた女の写真を取り出して柳田に示した。

「ほら、ちゃんと生きてんじゃん。養老の変態が持ってたのは死人の写真だけど、あんたが北神に渡したのは生きてる女の写真だ。まさかこれも合成写真だなんて言い出すんじゃないでしょうね」

滝子は柳田の語りが発動しないように語りとは対極の日常すなわち「ケ」の口調で意図して

話す。

「……ふん……お前は何が何でも儂の話を作りごとだとか、でなければ妄想の類《たぐい》にでもしたいようだな。まあ一つでも論理の破綻《はたん》する糸口を見出したらそこを徹底して突くのは研究者の姿勢としては間違っておらん。全く女にしておくのが惜しい」

「引っかかるわね、その言い方、女をナメていて」

「婦人解放論者のようなことを言うな……。儂が北神にやった写真を見ろ……色褪《あ》せているだろう、ずいぶんと」

滝子は柳田にそう言われ、しかめっ面をして写真を睨みつける。

「そう言われれば……」

「当たり前だ……そいつはあの事件の起きた明治三十七年の写真だ。手に入れたのは儂が法制局書記官になってからだから大正の御世《みよ》になってからだが。ほれ『山の人生』に書いたろう、山で子を二人、殺した男の話を読んでやろうか」

「いい、私が読む」

滝子は柳田から本を奪い、頁をめくる。忌々しい本であるが故に何がどこに書かれているか全てを覚えていた。それは冒頭の一節だった。

今では記憶している者が、私の外《ほか》には一人もあるまい。三十年あまり前、世間のひどく不景気であった年に、西美濃の山の中で炭を焼く五十ばかりの男が、子供を二人まで、鉞《まさかり》で斫《き》り殺したことがあった。

女房はとくに死んで、あとには十三になる男の子が一人あった。そこへどうした事情であったか、同じ歳くらいの小娘を貰ってきて、山の炭焼小屋で一緒に育てていた。その子たちの名前はもう私も忘れてしまった。何としても炭は売れず、何度里へおりても、いつも一合の米も手に入らなかった。最後の日にも空手で戻ってきて、飢えきっている小さな者の顔を見るのがつらさに、すっと小屋の奥へ入って昼寝をしてしまった。

眼がさめて見ると、小屋の口一ぱいに夕日がさしていた。秋の末の事であったという。二人の子供がその日当りのところにしゃがんで、頻りに何かしているので、傍へ行って見たら一生懸命に仕事に使う大きな斧《おの》を磨《と》いでいた。阿爺《おとう》、これでわしたちを殺してくれといったそうである。そうして入口の材木を枕にして、二人ながら仰向けに寝たそうである。それを見るとくらくらとして、前後の考えもなく二人の首を打ち落してしまった。それで自分は死ぬことができなくて、やがて捕えられて牢に入れられた。(柳田國男『山の人生』)

「……本では男はやもめと書いたが儂が見た調書では女房持ちだった。といっても男がそう言っているだけで籍も入っておらず、ある日ふらりと炭焼き小屋にやってきて住みついたのだそうだ。心中しようと誘ったのはそもそも女の方らしい。男は女に言われてふらふらとその気になって二人の子の首を刎《は》ねたが気がつくと女はいなかった。もっともそんな話は警察官は誰も信じなかったがな」

「そうよ、食べるものがないくらい貧しいのに女の写真を撮ってるなんて変よ……明治の頃なんて写真を撮るのだって安くはなかったでしょ……それに……なんかこれ芸妓のブロマイドみたい……」

滝子の言う通り、写真の女は素人《しろうと》とは思えない媚びを顔に浮かべている。

「さすが滝子だ……そうだ、その写真は当時、神戸の外国人向け娼館で配られていた淫売婦の写真だ……男はその女が持っていた……と言い張ったようだがな……。だが、儂はどうしても気になった。何故なら彼女は幼い頃、儂が見た神戸の叔母さんと瓜二つとしか言いようがないのだ」

柳田は滝子と議論するのが楽しそうに言う。

実際、打てば響くように答えを返す滝子に柳田は好感を持っていたようだ。柳田は論理性の欠如した男たちのみを周囲に残したが、それは自分が隠蔽しようとしていることを悟られたくはなかったからだろう。

「他人のそら似じゃないの？　あたしだって少女歌劇のなんとかっていう女優に似てるってよく言われるもの」

「ならばもう一つ証拠だ。儂は『山の人生』に殺された子のことをどう書いておる。十三歳の男の子と同じくらいの小娘を貰ってきたと書いてある……つまり貰い子だ。だが当時の新聞でも何でも調べてみるがいい……殺された子は二人とも実子と書かれているはずだ。しかし調書によれば写真の女には十三歳ほどの連れ子が一人いた」

柳田は今まで隠していた事実を突然、口にする。滝子は咄嗟に反証が思いつかない。

「……それが魔子だと……？」

北神が劣勢となった滝子に代わって言う。北神を柳田の語りに引き込んではならない、と滝子は必死で柳田の論理の穴を探すが見つからない。その間に柳田は勝ち誇ったようにたたみかける。再び音色が変化し始める。

「そうだ……二人の実子も自分もまるで憑かれたように死ななくてはと思い込み、首を横たえるので気づいたら二人の子の首を刎ねていたと男は陳述しておる。そこは本と同じだ。違うのは女と娘はそれを満足そうに見届けると姿を消した、というくだりだ。男の供述はそうなっている。無論そんなものは男の言い訳だと皆はとった。何しろ事実として死体のあるのは二人の実子なのだ。ふん……だがそうやって誰もが目に見える事実しか見ないから、何もわからんのだ」

目に見えないところにこそ真実があるのだ、と柳田は暗に言っているのである。『遠野物語』の前文で原語を「感じたるままに」――つまり自分の主観によって改変したと堂々と記した反自然主義文学者らしい言い草である。

「で……でも……その男の供述が真実だという証拠はないじゃない」

柳田の「語り」の中に北神を引きずり込まれたくない滝子は必死に食い下がる。滝子と柳田は互いの「語り」の中で北神を奪い合っているのだ。だが、民俗学という近代の日本に於いて唯一、正史に拮抗する膨大な「昔語り」をたった一人で作り上げたこの怪物に滝子が敵《かな》うはずもなかった。

柳田はセクレタリー机から立ち上がり、書棚の本を数冊引き抜き、その後ろに隠してある書類入れの箱を取り出し滝子の前に置いた。

「開けてみろ……」

柳田に命じられ滝子の身体が怯んだように強ばる。

「ならば北神に開けさせる……これもいずれお前に継がせねばならぬと思っていた……山人の資料の残りの一つだ」

「あたしが開けるわ」

滝子はここでも結局、柳田の術策にあっさりとはまってしまう。人心を弄《もてあそ》ぶことにかけては柳田は天才だった。

滝子は書類箱の蓋《ふた》を持ち上げる。

「……これは……?」

そこには数枚の新聞記事の切り抜きがあった。滝子はその一枚を手にとる。

学生と女が頰を寄せあっている写真が記事に添えられている。自殺した青年が死の間際恋人と最後の別れに撮ったものとある。

「知っておろう。明治三十六年に藤村操《ふじむらみさお》が日光で自死し、それを真似て今と同じ自殺ブームが起きた時の自殺者だ。明治三十六年といえばさっきの子殺しの男の事件が起きた年の前年だ。自殺ブームと子殺しが前後して起きたのは偶然ではあるまい。理由は知らぬが、神戸の叔母さんが活動期に入ったのだろう。そこにはあと二つ、別の自殺者とその女の「記念写真」が新聞に載っている。切り抜きの中にあるはずだ。いずれも地方紙だから見比べる者はおらぬ。だから誰も気がつかない。箱の底には写真が何葉かあるはずだ。そちらは儂が大正になってから遺族の家を訪ね歩き手に入れたものだ……皆、自殺した男の恋人だ。一葉一葉比べてみるがいい、皆、同じ顔だ」

見せかけの事実に目を奪われるな、と言いながら他人を屈服させるためには柳田はこうやって事実を平然と証拠として使うのだ。「語り」と論理の両方で攻められて滝子にはもう抗う力は残されていなかった。それは北神も同じで違いはなかった。

「……そこまでわかっていて柳田先生はこれ以上私に何をさせたいのです？」

呻くように北神は言う。

「北神……」

それでも滝子は魂呼びするようにその名を未練がましく口にする。

「だから……言ったろう……女を、捜せ……」

柳田の声がざわざわと空気を振動させる。もう駄目だと滝子は思う。しかし、北神は空気が変わる前に切り返した。

「魔子ではなくて……ですか」

柳田は一瞬、言葉に詰まる。

「魔子……もだ」

柳田は渋々と肯定する。その苦々しげな顔に滝子の表情が途端に明るくなる。

「北神？」

「柳田先生……あんた、呆れた人だ……」

北神は柳田に冷たく言い放つ。砂のように語りの場は崩れ落ちる。

「……なんだと」

語尾は鋭いが、しかし柳田は北神の目をまともに見られない。

明らかに劣勢に転じている。

「結局、それがあなたのそもそもの動機なんだ……」

「ち……違う」

柳田は否定する。だが、上擦った声がそれを認めてしまっている。

「違わない。自殺騒動や心中事件の背後に見え隠れする謎の女、神戸の叔母さんの存在に気づいてあなたはその女の正体を知ればあの少女にもう一度会えると思った……そして神戸の叔母さんが山人だと知ったあなたは少女を捜し出すため軍の山人狩りに加担した……」

「……山人だろうが誰だろうが天皇家にまつろわぬ民はもはやこの列島では生きてはいけぬ……」

柳田は感情を殺すように言う。

「……一度は山人の側に立ったあなたらしくもない……」

「うるさい、お前は言われた通りにしていればよいのだ」

「いいでしょう……」

北神は立ち上がった。

「魔子と神戸の叔母さんを両方捜して差し上げましょう……」

「そ……そうしてくれるか」

冷笑する北神を柳田は縋るように見る。

「だが、あなたのためじゃない……」

そう一人言のように付け加える北神に柳田はしかしにやりと笑う。柳田はやはり北神の語りの隙を見逃すような男ではなかった。一気に切り返す。

「ではお前自身のためにか北神？」

「……それは……」

今度は北神が怯む。

「半分山人の血を引くお前と山人の女が出会ってどうする？　契って子を孕《はら》ませもう一度、死に絶えつつある山人を生き延びさせるとでもいうのか」

柳田は勝ち誇ったように言う。

「ば……馬鹿なこと言わないで……北神を山の女になど渡すもんですか」

滝子は叫ぶ。

「行こう北神」

滝子は身を強ばらせ立ち尽す北神の手をとると強引に外へと引きずり出す。これ以上、北神を柳田の言霊《ことだま》に晒《さら》すわけにはいかない、と思った。だからくやしいけれど逃げ出すしか術はなかった。

その背に、

「お前は山と里、どちらに行っても異人なのだ……そんなお前のことをわかってやれるのは儂だけだということを忘れるな」

と、柳田のあざ笑うような声が追う。

滝子は北神の替わりに振り向き、足許の小石を拾うと思い切り柳田邸に向かって投げた。

円タクを呼ぶ間もなく柳田邸を飛び出したので滝子と北神は小田急線の祖師ヶ谷大蔵駅まで

歩くと、人気《ひとけ》のない駅に立った。成城中学校の生徒しか使わぬ駅だから通学時間の外は誰もいない。

「ねえ……北神……満州に帰って」

滝子はうつむいたままぽつりと言う。

「なんだ？　いつもは帰ってこいとしつこく手紙をよこすくせに」

優しい声。

「だって……」

「俺に魔子や神戸の叔母さんを捜させたくないんだろ？」

こくりと頷《うなず》く。

「珍しく正直だな」

「だって……」

泣きそうになるのを滝子は必死で堪《こら》える。

「安心しろ……」

「じゃあ捜さない？」

「いや、捜す」

「なんで？　やっぱり山の女がいいの」

「女は滝子一人で手に余っている……」

「ってどういうことよ、それ」

しかしその意地悪な言い方が今の滝子には嬉しかった。

「だが……やはり捜したい……」

「どうして……」

「山人を殺しているのは陸軍だ……だが神戸の叔母さんが復讐として殺しているのは罪もない里の常民たちだ……」

北神が自分に言いきかせるように言う嘘に滝子が気づかないはずはなかった。

「嘘おっしゃい、あなたがそんな正義漢のはずはない」

滝子は拗《す》ねた声で言う。

「正直に言いなさいってば……お母さんでしょ……あんたを捨てたお母さんの行方を知りたいんでしょ……嘘つき北神」

「……ごめん……」

北神が不意に振り返り、あの困った目で彼女を見る。

「あやまらないでよ、もう」

そう言って滝子は北神の胸に飛び込むと拳で北神の胸を思いきり叩く。何度も何度も。

そして、そんな子供のような仕草でようやくほんの少し気持ちが落ちついてきたのを自分で確かめると、滝子は北神の顔をじっと見上げて爪先《つまさき》立って背伸びをして彼女の方から口唇を重ねた。そして思いきり口唇を吸った。

「やめろよ……誰か見ていたら困る」

「少しも困るもんですか……兄さん」

兄さん、と滝子は久しぶりにその呼び名で腹違いの兄を呼んだ。二人は兄と妹なのに契ってしまったのだ。心で愛し合っただけでなく、身体と身体でも。滝子は北神の胸にもう一度、顔を埋める。そして両手で北神の身体を押し出すようにして離れると、滝子は決意して言った。

「どこにでも行けばいいわ、兄さん。誰を捜したってかまいやしない。でも、兄さんは絶対、あたしのところに帰ってくるの」

滝子はそう呪文をかけるかのように言霊を囁くのだった。だが滝子の語りは北神を繋ぎとめられないことなど彼女は知っていた。


窓から見えていた麒麟の姿はいつの間にか見えなくなっていた。日が暮れかけている。日の出ているうちに「昔語り」をすると凶事に繋がると昔の人は戒めたけれど、兵頭北神の昔語りは昼間だけ語ることにする。何故なら今の私はあの麒麟に守られている気がするからだ。

だから神戸の叔母さんと魔子の行方を兵藤北神が捜し出す話は明日、また夜が明けて麒麟が首を塀の向こうから出してからということにする。私は窓際に置いた座卓から離れ、畳の上にごろんと横たわると古びたテープレコーダーに手を伸ばす。あの男の子から譲ってもらったテープデッキだ。

私は再生のボタンを押す。機械の具合があまり良くないので最初にぐにゃりと歪んだ声がしてそれが次第に耳慣れた大おばの声へと戻っていく。私はその声に抱かれるように膝を抱えると胎児《たいじ》のように丸くなる。私はいつもそうやって大おばの昔語りを聞く。それが私の作法《さほう》だ。何故ならその物語は私が胎児でさえなかった遠い時代の物語だからだ。私は私のために語られた兵頭北神の物語に耳を澄ましながら、前世療法のように私の中の遺伝子を通して遠い過去へとゆっくり時を遡《さかのぼ》っていく。

それが私の麒麟のいない夜の過ごし方だ。

〈2〉相槌

さる昔ありしか、なかりしか知らねども、あったとして聞かねばならぬぞよ
崎県片泊における昔話の発端句

長い間放置したままのオープンリールのテープはところどころ伸びてしまっているのかたまにぐにゃりと声が歪む。そして不思議なことに声が歪むと私の六畳一間の麒麟が見える部屋の風景もまた同じように歪むのだ。

まるでダリのシュールレアリスムの絵にも似て、テープの声に合わせて壁の時計や天井が飴《あめ》細工《ざいく》のように一瞬溶け出したかに見えるのである。それは奇妙な感覚ではあるが、けれども決して私には不快ではない。

ただ、ああ、今の私は大おばの昔語りに支配されているのだなあ、と思うのだ。物語の気配が部屋の隅々にまで行き渡り、その現世とは明らかに違う空気の中に私は浸っているのだ。

そして私は気がつくとおおん、おおんと奇妙な呻き声を上げている。

昔語りの作法の一つに相槌を打つという約束事があり、聞き手は言葉とも呻き声ともつかぬ奇声を語りの切れ目切れ目に入れていかなくてはならない。アイドル歌手のコンサートで追っ

かけの男の子たちが歌の合間合間に彼女の名前を呼ぶのと多分、本質的には変わらない。相槌を入れることで聞き手は進んで虚構の中に身を投じるのだ。

おおん。

おおん。

おおん。

私はテープの声が歪む度に古《いにしえ》からの作法に従い、そう呟く。すると私の魂は兵頭北神の生きた時代、それが本当であったのか嘘であったのかわからぬ時空に飛ぶのだ。

胸突坂と今では呼ばれる急勾配の坂の手前で滝子は立ち止まり、坂の上の塔の建物を見上げる。そして意を決したようにスカートの裾をたくし上げると、一気に塔めがけて坂道を駆け上がる。

坂の中腹で電信柱の陰に隠れてホテルを窺っていた刑事が驚いたように、膝上まで露わにして走り去る滝子を見送るが、実を言えばその程度の女の奇態はこの坂では珍しくもない。何故そんなところに刑事がいるのかは後で話すが、ホテルの前に彼らが佇《たたず》むのももう十何年か、それこそ大正の世から続いている日常だ。この坂から上はそんなふうに坂の下とは少しばかり常識がずれているのだ。

坂は菊坂という。

そして滝子が息急き切って駆け上がっていった坂の上にある建物は菊富士ホテル。塔とは三階建てのホテルの一角《いっかく》に一部屋だけぽつんと四層目に突き出した客室で、尖った屋根と更にはその上の避雷針が西洋の童話に出てくるお城の塔を連想させるので誰とはなくその一室を塔の部屋と呼んだ。

西洋の話ではたいていこの手の塔には薄幸のお姫様が幽閉されていると相場が決まっている。だが滝子が向かう塔はそんな健気な少女が閉じ込められているのではないところが始末が悪い。第一、それを言ったら薄幸はあたしの方よ、と滝子は一人憤《いきどお》ってもみる。

ホテルを建てた先代がフロントだと主張して譲らなかったものの、やはりそうは見えない色褪せた美人画の掲げられた帳場の奥に向かって滝子は「居るんでしょ、あの人」と声をかける。

「ああ、滝子ちゃん」

ホテルの方も慣れたもので、先代の次男である今の主人が滝子の目指す相手が居るとも居ないとも答えず、おっとりとした表情で出てきてグラスにソオダ水を一杯、帳場のカウンターの上に置く。

「はい、駆けつけ一杯ってとこかな」

「なによ、人を馬鹿にして」

そう言いつつ炎天下の菊坂を駆け上がってきたので喉は程良く渇いている。

しかも氷の上には缶詰のチェリーの砂糖漬けが一つ、添えられている。女の子だったら嫌いな者はいない。しかしそれはサービスというよりはこのホテルならではの特殊な事情に依《よ》るものであった。そもそもホテルの主人は少し前に京大を出て家業を継いだインテリだが、それくらいのインテリでもなければ到底客のあしらいなどできないところがこのホテルが界隈の旅館と大きく異なる厄介な点であった。

その特殊なる事情もまた追々明らかにするとして、滝子がソオダ水に思わず手を伸ばすほど喉が渇いていたのは胸突坂を駆け上がってきたからではなく、帝大からここまで全力疾走してきたからである。そして彼女が何故、帝大に用があったのかといえば解剖学教室助手にして変態人類学者・養老一志先生を退屈しのぎと営業をかねてからかいに行ったのがそもそもの発端《ほったん》であった。

滝子は芸者であって花魁《おいらん》ではないから当然、客とは枕をともにしない。吉原《よしわら》では春を売る花魁と芸事を売る芸者は厳密に分けられていて、花魁を待つ引手茶屋で幇間《たいこもち》たちとともに客の相手をするのが芸者である。花魁なら三度通えば馴染みとなり枕をともにできるが芸者はそうはいかない。滝子の手管《てくだ》を以てしてもさすがに下心の塊《かたまり》である養老を客として繋ぎ止めるのは難しい。一時は一日と空《あ》けずに顔を見せる一方、滝子に手を出せないものだから性欲を持て余して仕方なく見世《みせ》へと上がり、名前だけは滝子という似ても似つかぬが気だてだけはいい花魁の許に通うということの繰り返しであった。その滝子というあまり馴染み客の多くはない花魁に懇願されてこちらの滝子は無下に断るわけにもいかなかったのである。それに胸くそ悪い客だが教授の交際費をちょろまかせる何か裏の事情があるらしく、金払いは悪くないのだからこれも仕事のうちと、伺いたくもない男の御機嫌を伺いにやってきたのであった。

もっとも御機嫌伺いといっても三十分ほどたっぷり彼を罵倒《ばとう》すればよいのであって、ああもっと滝子の罵詈雑言《ばりぞうごん》が聞きたいという気にさせた頃合を見計らって立ち去れば済むはずだった。ところが帰り際、養老は滝子へのいらぬ忠誠心の証しのつもりなのか聞きもしないのにあの男が戻ってきていると密告したのである。頭の中が真っ白になる替わりに突然耳許で東京音頭のメロディが滝子を愚弄《ぐろう》するように鳴り響く。この夏、狂ったように流行したこの歌を滝子は死ぬ程嫌いだったが何故だか耳から離れないのである。

「嘘おっしゃい、あたしは呉《くれ》まで連れていって満州行きの船に乗せたのよ」

滝子は東京音頭を耳から払うように大声を上げ養老の学生服の詰め襟を絞め上げる。絞め上げるというのは比喩《ひゆ》ではなく本気で左右の襟を交差させ頸動脈《けいどうみゃく》を絞めるのであって、滝子はこと養老に対してはまったく容赦《ようしゃ》はしないのだ。今でいうマゾヒズムの気のあるこの男、多少の手荒なことではむしろ性癖《せいへき》にあってしまいうっとりしかねないので、ここは可哀想でも徹底しなくてはいけない。

「ほ……本当だ……声はかけなかったが確かに見たんだ」

気道からかろうじて声を絞り出すように養老は言う。

「いつ、どこで」

滝子は養老を壁に押しつけ特高の尋問のように鋭い声で問いのみを短く言う。情報を引き出すにはシンプルなのが一番だ。

「き……昨日……菊坂の下で」

東京音頭のメロディがまた鳴り響く。

「菊坂ですって？　あの野郎！」

ヤートナソレヨイヨイヨイと壊れた蓄音機のように囃子《はやし》言葉がぐるぐると頭の中で渦を巻き始める。

滝子はその節に合わせて更に養老を絞め上げそしてヨイヨイヨイのところで床に引きずり倒す。養老がごつんと後頭部を強打する音が研究室に響く。ようやくそれで東京音頭が消えたので滝子ははあはあとゴールに駆け込んだ長距離走者のように息を荒らげる。だがそれがまた養老の妙な妄想を掻き立ててしまったらしい。

「そ……それじゃぼくは今晩店に行くから」

研究室の床に這いつくばりながら養老は猫撫で声で言うではないか。滝子はふと足首のあたりにおぞましいものを感じて足許を見た。

養老がなめるような目で滝子のハイヒールを見つめているのだ。

「も……もしかして踏んでほしいとか」

滝子はにっこりと笑いかける。ごくりと生唾を飲む音がした。ここまでされてもこの男にはむしろ自らの性癖にあわせたサービスとしかとられないのである。

「冗談じゃない」

滝子はハイヒールの爪先で思い切り養老の脇腹に蹴りを入れる。爪先が正確に急所に入る。ぎゃ、と自転車で蛙《かえる》を轢《ひ》き殺した時のような声がした。

滝子は床で悶絶する養老の背中をお望み通り尖ったヒールで踏み越えると研究室を飛び出した。怒りをぶつけるべきは養老ではなくやはりあの男である。

帝大のある赤門通りと菊坂は目と鼻の先にある。そして菊坂の本郷菊富士ホテルこそはあの男、兵頭北神の定宿であった。だから間違いない、と確信するよりも前に走り出してつい今しがたホテルの帳場の前に息を切らして駆け込んできた、というのが事の仔細だった。

滝子は主人が出してくれたソオダ水に一瞬むっとしたが結局、水滴のたっぷりついた涼しげなグラスに手を伸ばして丁重《ていちょう》に添えられたストローで飲む。強めの炭酸入りだから一気には飲めない。それが実は主人の計算の一つなのであり、菊富士ホテルのいわば接客マニュアルなのである。

文化人や作家たちの女性醜聞《しゅうぶん》の舞台に何度もなったことで文学史に名を残す菊富士ホテルで育った今の主人にとっては、逆上した女が宿泊客のところに乗り込んでくるのは椿事《ちんじ》というよりはむしろ見慣れた光景であって、先代はコップの水を飲ませてまず落ちつかせてから部屋に上げたものだが、京大出の息子は更に知恵を働かせ女への対処に改良を加えていた。女なら甘いソオダ水にはまず目がない。しかも菊富士ホテルはまだ東京に帝国ホテル、東京ホテル、とホテルを名乗る宿泊施設が二つしかなかった時代に先代が果敢にも三つ目のホテルを名乗ったこともあり、一流の西洋料理のコックを雇ってメニューをあれこれと作らせたから地下の食堂で出されるソオダ水一つとってもちょっとした名物でもあった。それをサービスされて拒む女はまずいない。

ソオダ水をちゅうちゅうと吸う間に女は乱れた息を整え落ちつきを取り戻してくる。あぶらとり紙で鼻の頭に浮いた汗を拭う余裕も出てくる。ソオダ水の桜ん坊をそのままにする女ももったいないから、必ずそれも摘んで口に含む。これは泣き喚く子供に飴玉をしゃぶらせるのと同じ道理である。主人は種をどこに吐き出していいものやら思案する女にさっと紙ナプキンを差し出すのも忘れない。

女によってはこの時点でもうすっかり憑き物が落ちて、そのまま男に会わずに引き返す者さえいる。そうでなくても刃傷沙汰《にんじょうざた》を起こさぬ程度には正気を取り戻す。

しかし滝子は執念深さでは自分以上と柳田國男が呆れたほどの女であるからこの程度ではまだ怒りは収まらない。しかし主人はそれも心得たものである。

「塔の部屋ね」

滝子は主人に男の居場所の念を押す。

「先客がいるよ」

主人は何故か滝子を挑発するようにわざと困った顔で言う。少しは落ちつきかけた滝子の神経は自分の男が女といるところを想像しまた逆上するが、実はこれも接客マニュアルの一端である。今度は多少、かっかしてくれないと事はうまく運ばないのである。ただし主人は女がいるとまでは言ってはいないのだが、これは客に嘘をつくわけにはいかないからである。

とにかくも嫉妬の炎を焚《たき》付けられた滝子は履き物を脱ぎ捨てるとスリッパを突っかけて一気に一階奥の46番の部屋の前まで走っていくとくるりと曲がる。そこからは華奢《きゃしゃ》な滝子にも窮屈《きゅうくつ》な狭い階段だが、それを小動物のように駆け上がる。エレベーターなど当然ないからソオダ水で息をついたとはいえ四階を階段で上るのはやはり息が上がる。呼吸が荒くなり胸だけでなく胃袋にも空気が送り込まれいい腹具合になってくる。だから二階の35番、三階の25番の部屋を駆け抜けて塔の部屋である「50番」の木札の前にたどり着いた時にはすっかり主人の計算通りの状態に滝子はなっているのだ。

「北神、いるんでしょ」

滝子は男の名を呼びノックもせずに扉を開ける。だが振り返ったのは北神ではなかった。目に飛び込んできたのは椅子に腰掛けた紋付き袴、白足袋《たび》姿の初老の男の困惑した顔であった。いかなる山村僻地《へきち》でもこの正装のままフィールドワークを行ない庶民を威圧したと言われるあの人物である。

「や……柳田……」

滝子が天敵ともいえる男の名を思い切り呼ぼうとした瞬間、そのはずみで胃からソオダ水の炭酸が逆流し大きなげっぷをした。

「はしたない、女のくせに」

自分の名を呼ぶ途中でげっぷをされた柳田國男は露骨に顔をしかめる。主人がソオダ水を逆上した女に勧める目的の一つはこれで、色恋の修羅場の最中に女がげっぷをすればそこで互いに気が抜けるだろうという算段であった。

柳田は口唇をわなわなと震わせながら、間の抜けた顔で立ち尽くす滝子にいきなり説教を始める。

「だいたいお前は常識というものがない。儂がせっかく女学校の教師の職を探してやったのにいきなり放り出したどころか芸者などになりおって」

滝子もこのタイミングで言われては言葉を返せない。さすがにここまでは主人の計算外だったが、かくしてソオダ水一杯で刃傷沙汰は未然に防止できる仕組みであったらしい。菊富士ホテルの伝説の一つである。

「ほ……北神は……どこよ……」

柳田の説教が一息ついたところで滝子は恨めしそうに言う。

「なんだ、来てたのか」

滝子の後ろに北神が立っている。

「来てたのかじゃないわよ……」

半泣きの声で言いかけて滝子は北神が手に盆を持っていて湯飲みと菓子が二つ載っているのに気づく。

「あー、ビスコだ」

ビスコはクリームサンドのビスケットのクリームの部分に当時、栄養効果が話題となっていた酵母《こうぼ》を混ぜて大ヒットした菓子で、女子たちに圧倒的な人気があった。

「宿代を溜めているのでこんなものしかもらえなかった」

北神は弁解するように滝子を見る。ビスコの値段は十銭ばかりで、菊富士ホテルらしからぬというのはそういう理由である。

「あたしの分は」

滝子は口を尖らす。

「ぼくのをやるよ」

北神は苦笑いした。50番の部屋は三畳ほどの板の間であり、備え付けの鉄製のベッドと机と椅子だけで部屋は一杯であった。長身の北神には窮屈な広さのはずだが、帰朝すると北神は必ずこの部屋に泊まった。

一つしかない椅子に柳田が腰掛けているから滝子はベッドにごろりと横たわり、そしてテーブルのビスコに手を伸ばす。

「全くだらしないっ！」

柳田が叱責するがどこ吹く風である。ビスコ一つですっかりさっきまでの癇癪はどこかにいってしまっている。

「そんなとこに立ってないで座れば」

滝子は客に居場所を奪われた北神に言う。

「ほら、あたしが少し窓の方に寄ってあげるから、隣にお座りったら」

北神を側に寄せたい滝子は言う。その魂胆が見え見えなので北神は躊躇するが「お前が立っているると儂が話しづらい、座れ」と柳田にまで言われ、やれやれといった感じでベッドの縁に腰を下ろす。どうにも居心地が悪そうである。滝子は身を起こして窓を背もたれ替わりにベッドの上に足を伸ばしながら今度は柳田の皿のビスコを頬張る。

柳田はもう何も言いたくないという顔で滝子を見る。

「それであたしの北神に何の用なのさ」

滝子は柳田にちょっとだけ挑むように言う。満州に帰ったはずの北神が日本に舞い戻っていることは後で二人っきりになった時にとっちめればいいという冷静さだけはソオダ水の効果で取り戻していたのであり、今の心配は柳田がまた北神に要らぬ事件を持ち込んできたのではないかということにあった。

「……もしかしてまた神戸の、叔母さんなんて言い出すんじゃないでしょうね」

当てずっぽうに滝子は言ったが柳田の顔はみるみる蒼白になる。この年の春過ぎに柳田に依頼された神戸の叔母さん捜しは何の手がかりもなく一月も過ぎたところで滝子は調査を中断させ北神を強引に満州に帰したのである。もうほとぼりが冷めたと思ったら懲りもせずまた蒸し返してきたのかと思うと腹が立つ。

「あっきれた……」

滝子は大声でなじる。

「やめなさい、滝子」

「はーい」

北神に諫められ滝子は両足をばたつかせて返事をする。お行儀の悪いことこの上ない。

一方、滝子に呆れられた柳田の額からは汗が噴き出し、膝はがくがくと震え出した。滝子の言ったことが図星であっただけにしてはいささか仕草が大袈裟である。

「どうしちゃったのさ、柳田先生」

滝子がからかうように言うと、一瞬、躊躇し、それから、「助けてくれ……儂は間引かれる」と柳田は絞り出すような声で言った。

「間引かれる？」

北神はその柳田の奇妙な訴えに怪訝そうに顔を上げる。

「そ……そうだ、これを見ろ」

柳田は震える手で懐から一葉の折り畳んだ紙を取り出しテーブルの上に置いた。

「なあに？　恋文とか？」

たちまち北神の脇から滝子の手が伸びる。

「こら、滝子、勝手なことを」

北神にたしなめられたぐらいで素直に聞きわける滝子ではない。

「いいじゃない、減るもんでもなし」

そう言いながら紙片を広げる。

「うわっ！　何これ」

そう言ってわざとそれを柳田の方に向ける。

「やめろっ！」

柳田は目を逸らし膝を震わせ必死で堪える。滝子はその反応が新しい玩具《おもちゃ》のようにおもしろい。

「ふーん、柳田先生ってこんなものが恐いんだ」

滝子は紙片をひらひらさせながらからかうように言う。

「やめろ、早くしまえ」

興奮のあまりひっくり返った声で柳田は叫ぶ。

「だって見ろと言って取り出したのは先生じゃない。はい、北神」

滝子は紙片の両端を持って今度は北神に示す。

「なるほど、間引かれるとはこういう意味ですか」

北神はちらりとそこに書かれたものを見てすぐに合点《がてん》がいったという顔をする。

「そうだ……それが毎晩、枕元に置かれるのだ」

柳田は縋るように言う。

「毎晩？　ということは絵はこれ一枚ではないのですね？」

柳田は北神に言われて頷くと懐から紐《ひも》で束ねられた紙片を取り出す。

「わ、たくさん」

滝子がおどけるので柳田は露骨に不快そうにする。

「この一月程、ほとんど欠かさず毎晩だ。誰かが儂の寝室に忍び込んできてはそれを枕の下に差し込んで去っていく」

柳田は憔悴《しょうすい》し切った顔で言う。

「それだけですか」

北神は訊く。

「いいじゃない、それだけなら」

滝子にいいなされてむっとした柳田は北神の顔をちらりと窺うように見ると一気に吐き出すように言う。

「……夢を見るのだ……悪夢を……」

北神の口許がわずかに動く。

「悪夢って?」

滝子がまた小馬鹿にしたように口を挟む。

「産まれたばかりの先生が産婆に首を絞められ殺される夢を見るんだよ……その絵と同じように」

北神が占い師のように柳田の悪夢を言い当てる。いや、そもそも兵頭北神は満州では千里眼や降霊術の看板を出しているインチキ占い師ではあるのだが。

「そうなの?」

「そ……そうだ」

柳田はいい齢《とし》をして悪夢にうなされると告白したのが余程恥ずかしかったのか、明後日《あさって》の方を向きぼそりと言う。

滝子は北神に言われ改めて紙片の絵をしげしげと見る。それは面相筆で描かれた一種のあぶな絵で上半身をむき出しにした女が鬼のような形相で赤子の首を絞めているグロテスクな図案である。確かに趣味は悪いがうなされるほどでもない。だから柳田の恐がりようは不可解だ。

滝子は綴《と》じられた側を手にとり紐をほどき、一葉一葉ベッドの上に広げていく。図案はどれも同じだが、一葉一葉手描きで細部は微妙に異なる。だが、後に行くにつれて筆が乗ってきたのか、女の腰巻きや乱れた黒髪が妙に艶《なまめ》かしく描き込まれるようになって、最初のおどろおどろしさはより稀薄になっていく。春画や猥褻《わいせつ》画の類――いわゆる枕絵に用途としては近そうな印象さえある。

「恐いとか言って饅頭《まんじゅう》恐いと同じなんじゃないの……この絵の女の人、妙に色気があるし」

滝子はだからつい揶揄するように言ってしまう。

「ふざけるなっ！　儂は本当にこれとそっくりの夢を見るのだ」

柳田は顔を真っ赤にしてわなわなと震えた声で言う。

「この絵というよりは正確には布川の絵馬のように……ではないですか、柳田先生」

北神は射るような目で柳田を見て言う。柳田は北神の指摘に一瞬怯むが、すぐにこくりと頷く。

「そ……そうだ」

「何の話？　ねえ」

滝子は膝を乗り出す。北神と柳田の二人だけの間で話が共有されてしまったのが気に入らないのである。この師弟は互いに嫌悪し時には憎しみ合いながらも、しかし誰よりも互いを理解し合っていることに滝子は気づいていた。だから自分の感情は不合理だとは思いつつも、やはり二人の関係に嫉妬せずにはおれないのであった。

「ねえ、何の話、北神」

滝子は話に交ぜろと強請《ゆす》る。

北神はどうしましょうという顔で柳田を見る。

「お前には話したことはなかったか……布川の絵馬の話」

柳田は観念したように滝子を見て言う。滝子にはどうやら聞かせたくないらしい話だと思うと余計に聞きたくなる。

「ないわ……聞かせて」

「いい、いい、ならば話してやる」

滝子はしまった、と思ったが遅かった。柳田が籠った声でそう言うと、次の刹那、塔の部屋の空間がぐにゃりとひしゃげた。瞬《また》く間に語りの磁場が形成される。この磁場の中で柳田の昔語りを聞いてしまえば聞いた者はその昔語りに呪縛《じゅばく》される。

文字通り呪われるのだ。

滝子は身構える。

その時である。

ちりん、と鈴の音がした。北神が仕込み杖の鞘《さや》をわずかに抜き再び戻したのである。

たちまち形成しかけた語りの磁場は砂のように崩れ去る。

滝子は安堵し、全身から冷や汗が噴き出す。

「迂闊だったな、滝子、柳田先生に昔語りを乞うとは」

「ふん……迂闊なのは儂の方だった……ここでは儂の結界は作れぬ。だからわざわざお前がこの部屋を定宿としていることを忘れておった」

柳田は先程までの憔悴しきった顔とはうって変わって不敵にもそう言い捨てるのである。

「そうなの？」

滝子は北神の目を窺う。北神は軽く目を伏せるだけで答えない。

私には原理はよくわからないが、昔語りでは話者が聞き手を自分の語りに引き込むための磁場を作るにはいくつかの条件が必要とされる。例えば昔話が必ず囲炉裏端《いろりばた》で炎を前に語られたり、その囲炉裏に対して語り手の座する位置が定められているのは恐らく磁場の形成と関係があると思われる。近頃の流行りに当てはめれば風水ということになってしまうのかもしれないが。

成城の柳田邸の居間は恐らくはその磁場が発生しやすい構造となっているのであり、他方、菊富士ホテルの塔の部屋はその逆に発生しにくい構造なのではないかと思われる。三畳という狭さに加えて机一つに対し椅子が一脚とおおよそ客を迎える調度品ではないことが関係しているのかもしれない。昔語りは本来、マレビトを歓待するために語られるものだからだ。

「ふん、儂に語らせてくれぬのなら北神、お前が話してやることだ。滝子がここにいる以上、やめろといってもどうせこの女は首を突っ込むのだろう。だったら事情を知っていても無駄ではない」

「ええ、首を突っ込みますとも」

語り部の力が発動しない限りは柳田の皮肉如きに動じる滝子ではなさそうだ。

さて、柳田に替わって北神が滝子にここで語ったのは実は日本民俗学史上、あまりに有名な挿話《そうわ》である。従って北神の言葉をそのまま再現するよりは晩年になって柳田が自ら語った以下の一節をここでは書物より引用しておくことにする。


布川の町に行ってもう一つ驚いたことは、どの家もツワイ・キンダー・システム（二児制）で、一軒の家には男児と女児、もしくは女児と男児の二人ずつしかいないということであった。私が「兄弟八人だ」というと、「どうするつもりだ」と町の人々が目を丸くするほどで、このシステムを採らざるをえなかった事情は、子供心ながら私にも理解できたのである。

あの地方はひどい饑饉《ききん》に襲われた所である。食糧が欠乏した場合の調整は死以外にない。日本の人口を遡って考えると、西南戦争の頃までは凡《およ》そ三千万人を保って来たのであるが、これはいま行われているような人工妊娠中絶の方式ではなく、もっと露骨な方式が採られて来たわけである。あの地方も一度は天明の饑饉に見舞われ、ついで襲った天保の饑饉はそれほどの被害は資料の上に見当らぬとしても、さきの饑饉の驚きを保ったまま、天保のそれに入ったのであろうと思われる。

長兄の所にもよく死亡診断書の作製を依頼に町民が訪れたらしいが、兄は多くの場合拒絶していたようである。

約二年間を過した利根川べりの生活で、私の印象に最も強く残っているのは、あの河畔に地蔵堂があり、誰が奉納したものであろうか、堂の正面右手に一枚の彩色された絵馬が掛けてあったことである。

その図柄は、産褥の女が鉢巻を締めて生まれたばかりの嬰児《えいじ》を抑えつけているという悲惨なものであった。障子にその女の影絵が映り、それには角が生えている。その傍に地蔵様が立って泣いているというその意味を、私は子供心に理解し、寒いような心になったことを今も憶《おぼ》えている。(柳田國男『故郷七十年』)

少年期の柳田が間引きの習俗を初めて知った時の回想である。柳田の公式の弟子たちはこれこそが柳田民俗学の原体験であると大袈裟に持ち上げる傾向にあるため民俗学の入門書では必ず触れられる挿話である。ある評伝では「このような悲しみを日本から一掃しようとする経世済民の志こそ、柳田民俗学の出発点となったものであった」などと記してもいる。だがそれは一種の後付けであり、幼い柳田にとって絵馬に描かれた光景は「このような悲しみ」などと他人事のように語れるものではなかった。もっと柳田個人の心にぐさりと直接突き刺さるものであった。

そもそもこの時、十三歳となったばかりの柳田が故郷の播州を遠く離れた関東の地、利根川沿いの町布川の長兄の許に身を寄せたのは生家の家計がいよいよ立ち行かなくなっての一種の口減らしであった。父は生活破綻者であり、一家を養う力はなかった。柳田は布川に来る以前も生家近くの庄屋の家であった三木家に「幼い食客」として寄寓していた時期もあって、生家の一帯でこそ間引きの習慣はなかったがために自分は殺されずに済んだのだというのは柳田にとってはあまりに生々しい実感であり、そして心の傷となった体験であったはずだ。つまりこれはいわば柳田民俗学の精神的外傷ともいえる出来事であり、それ故にこの学問は不可解なる歪みをその内に抱えているとさえいえる。少なくとも単純に世のため人のためと思ったわけではないのである。

「ということはその絵を枕元に置いて立ち去る怪人物は布川の絵馬の話を知っていて嫌がらせをしていたということになるわね」

滝子は顎《あご》に人指し指を突き立てて、宙を見て言う。

「ふん、探偵小説のような口をききおって」

「悪かったわね……でも、要するに絵馬の話を知っている奴が犯人なのは確かなんでしょう？だったら神戸の叔母さんは関係ないんじゃない？」

滝子探偵は怯まず推理を続ける。

「だから儂は最初、北神、お前がやっているのだと思った」

柳田はまだ疑いは晴れてはおらぬぞ、と言わんばかりの顔で北神をぎろりと睨む。

「確かにそうね、動機はあるわ」

滝子は嬉しそうに言う。

「ふん……だが、考えてみれば北神、お前がそんな嫌がらせをするとは到底思えぬ」

「あら、北神を信じているの」

意外、といった顔で滝子は柳田を見る。

柳田は自嘲気味に笑みを浮かべる。

「そうだ、北神が儂の枕元に立つ時は躊躇わずその仕込み杖で首を刎ねるはずだ」

柳田はきっぱりと断言する。

「確かにそうだわ」

滝子も妙に納得して頷く。北神はしかし表情を変えない。

「それで先生は僕にどうしろとおっしゃるのです」

柳田はにたりと笑う。北神が既にその気になっているのをこの男は察しているのである。

「わかっておるだろう。フィールドワークに行け」

柳田はだめ押しをするように言い放つと、すっくと立ち上がる。

背筋がぴんと伸びる。

そして「調査結果はカードに記録し分類することを忘れるな」といつものように言い残すと

白足袋の踵を能でも舞うように板の間でくるりと返し、扉の外に出ていった。

滝子は柳田の後ろ姿を見送ると、ふう、とため息をつく。そしてちらりと北神を批難するように見る。

「どうするつもり？」

「どうしよう？」

北神は叱られた子供のように滝子を見て言う。

「何よ、その目にあたしが弱いこと知ってるくせに」

滝子は呟くと、北神の腕をぐいとベッドに引き寄せた。二人が重なり合ったので塔の部屋の板の間がみしりと軋《きし》んだ。


ぴしゃりと閉じたはずの窓から夜の気配が書斎の中に入り込んでくる気がして柳田は毛布の中で身震いした。壁の替わりに書棚が並ぶ四十畳の書斎の隅にあるソファが柳田の寝床替わりであった。

砧村の柳田邸は住居というよりは、ある評伝の著者の記すところによれば「図書館に宿泊施設をつけたような風変わりな建物」であったという。実際、部屋の四方は天井まで書棚で覆われ、それは家族とではなく、ただ「本と一緒に暮らす」（柳田書簡）ために建てられたとさえいえる構造であった。

唯一、目をかけていた弟子・岡正雄の去った後は私邸に泊まり込みで身の回りの世話をする者はおらず、夜はモリという名の秋田犬だけが喜談書屋と柳田が名付けた私邸の住人だった。妻子はといえば加賀町の本宅に今も残したままだった。

部屋の中の空気の濃さが明らかに変わったのを柳田は感じた。書棚によって密閉することで書斎の内に濃密な空間を作り出し語りの磁場を発生させやすく設計してあったが、流れ込んできたのは外気とも異なる明らかに他の何者かが支配する空気であった。気配の主は声一つ上げない。柳田は一度語り出せば相手を意のままに操れる語り部であったが、しかしその力は相手が話を乞わない限りは発動しない。

相手の沈黙はだから柳田にとっては最大の恐怖である。

柱の傍らに位置するセクレタリー机の背にぴたりとつけられたソファーに気配が近づく。毛布を頭から被って震える柳田の枕元に気配は近寄って、そして枕の下にまた例のものを差し込む。

するとたった今までは恐怖のあまり一睡もできなかったのに枕の下のそれにいい意識を吸い取られるかの如く柳田は突然の睡魔に襲われる。女の手が自分の首にかかった気がして、次にその光景をもう一人の自分が見下ろしていることに気づく。

もう夢の中なのである。

女が首を絞めているのは産まれたばかりのまだ産湯にも浸けていない赤子だ。血塗《ちまみ》れの胞衣が臍《へそ》の緒《お》とまだ繋がっている。臍の緒を切り、産湯に浸からせれば赤子は現世のものとなってしまうから子返しは許されない。

柳田は女の手が赤子の首を絞める度に自分の喉が押しつぶされる気がした。だからあの赤子は間引かれ損なった自分なのだ、と目が覚める度に思ったのだ。

だが、それでは赤子が殺されるのを産婆の後ろに立ち見つめている自分は誰なのか。今日は何故だかふとそう思ってしまった。

視線を両掌に落としてみる。夢の中とはいえ手も足もある。つまり止《や》めろと叫び、女に近づき赤子を奪い取ることは自分には可能なはずだ。だがそれをせずにむしろ間引きに自ら手を汚さずに加担しているかのように自分は身動き一つしようとはしない。

そして自分の手を汚さずに、と夢の中でそう思った瞬間、今までよりはるかに深い恐怖がゆっくりと柳田の身体を貫いていった。夢とは深層心理の反映だという説に従うなら柳田は自らの夢の象徴するところにようやく気づいたのである。

「ひいっ！」

柳田は全身の力を振り絞り、かろうじて喉から悲鳴一つ分だけの空気を送り出すことに成功する。

気配が枕元から離れ、睡魔が僅かに弛《ゆる》む。

「や……奴だ！　奴が来た！」

今度はかろうじて声が出る。気配は柳田が助けを呼んだのを悟ったのか身を翻《ひるがえ》す。すぐに外へと続く書斎の出口に慌てて駆け出る。

足音が聞こえる。

モリがけたたましく吠える。

同時に鎌鼬《かまいたち》のようにひゅんと音を立て、二階から駆け下りた影がある。

北神である。

「表に逃げた」

柳田が月に照らされた北神の背に叫ぶ。だがそれは北神には無用のアドバイスといえる。北神の目には侵入者の残した気配が夜の闇にまるで蛍《ほたる》の光のように光の筋として見えるのだ。櫟の林の間を光の筋は蛇行している。その光を目で追うと着物姿の女の背があった。島田の髪に手拭いを被っている。北神は一瞬、怪訝そうな顔をする。気配と目に入った者に齟齬《そご》があったのである。

だが北神は思い直し、頭上の櫟の枝に飛びつくとそのまま大きく身体をひねり賊の前に舞い降りる。この山の獣のような身の軽さは山人の血を引くが故である。

背後にいると思った追手が突如目の前に現れたので女はつんのめるように北神の方に倒れ込む。その肩口を北神は受けとめるが、それは賊を捕まえるというよりはよろけた女に手を貸すという仕草に近かった。

その時である。

「ひいっ！　殺される」

柳田の悲鳴が櫟林に響き渡る。先程よりはるかに大きい。

「ずいぶん間の抜けた悲鳴だ。今頃になって」

ようやく柳田がまともな悲鳴を上げられるほどに落ちつきを取り戻したのかと北神は思ったのである。

つられて賊もくすりと失笑する。

だが悲鳴は再び上がった。

「殺される……助けてくれ、北神！　女が戻ってきた！」

北神はしまった、と思い、女の肩口を摑んだ手を弛め始める。

女は意外そうな顔をした。

北神は何も言わず今来た道を引き返す。賊はもう一人いたのである。今度は柳田の命が危ない。

書斎に飛び込もうとすると部屋中の空気に北神は押し返されそうになる。だが腕でかき分けるようにして身を中に潜り込ませる。空気がジェリーのように腕に纏わりついてくる。視界が歪んで見えるのは月明かりが屈折するほどに室内の空気の濃度が違うからだ。柳田の作り出すそれよりもはるかに濃密な磁場である。北神は身の毛がよだつ。手足の毛穴が全て開いた気がした。

この磁場の中で昔語りをされたら一生物語の外には出られまい。

それほど強烈である。

北神は磁場の主を捜し書斎の四方に目を凝らす。

崩れ落ちた書物にうずくまり恐怖に歪んだ柳田の顔がまず目に飛び込む。そしてその前には黒い人形の影がある。

柳田は月明かりに照らされているのに影は月の光を吸い取ったかのように闇の塊としてそこ、にある。その塊から二本の腕がこれも闇の筋として伸びている。

北神は仕込み杖の鈴をちりんと鳴らす。影は反応しない。だが鈴の音が北神の周囲の空気の濃度をわずかにだが変える。これで剣が抜ける、と北神は思った。

鞘に手をかける。

すると影が磁場の変化に気づき振り返る。闇の中にただ口唇だけが浮かび上がり、感嘆するようにその口許を綻ばせる。どういう意味だ、と北神はその笑みを見て思う。

その刹那である。影が「きい」と夜の鳥のような悲鳴を上げると磁場が乱れた。女が影の中から現れる。面長の柔らかな輪郭の横顔である。手足はすらりと長いが西洋人とは明らかに違う体型である。絵に描かれた女がそのまま形になったような違和感がある。だが北神は女が何者か瞬時に悟る。女もまた北神が自分が何者であるかを察したことに気づき、蠱惑《こわく》の表情を返す。

「何をしている……早く捕まえろ！」

柳田のヒステリックな叫び声が二人の奇妙な結託を壊す。二人は敵と味方に戻る。

女はひらりと背後に飛ぶ。そのまま書棚を女はするすると蜘蛛のように身を滑らせる。天窓が開かれている。そこが侵入路であったらしい。

北神はしまったと思いすぐに表に飛び出し外から天窓の穿たれた屋根を見る。しかしもはや女の姿はない。

そして櫟林とは反対の芒の尾花が揺れる中を光の筋が走っていくのが見えた。その先は多摩川だが、追っても無駄だろう、と北神は思った。

何故なら多摩川の対岸には丘陵が広がり、そこは既に山の領域だったからである。女はあちら側から来たのである。

北神は剣を鞘に戻す。

ちりん、と鈴の音が響き、それが海の白い穂の上を小さな波のように伝わっていった。

「お前が必ず捕まえるというから儂はわざわざ囮《おとり》になったのだぞ」

柳田は首筋を撫でながら北神をなじる。そこには女の指の跡がくっきりと残っている。

「いいじゃない、殺されなかっただけでもさ」

二階に北神とともに泊まり込んだ滝子が蒸しタオルを持ってきて柳田の首に当てる。

「熱いっ！」

癇癪持ちの柳田はここぞとばかりに滝子に当たり散らすが滝子は構わず赤痣《あざ》にぐいとタオルを押しつける。柳田は今度は無言で耐えるので滝子は勝ち誇った気になる。

「それにしても長い指」

滝子はタオルを柳田の首筋から離し、しげしげと女の遺した指の跡を見つめる。

「やはり……神戸の叔母さんだ」

柳田は呻くように言い、首筋の痣を撫でる。

「え？」

滝子は忌々しいその名に驚き慌てて北神を振り返る。塔の部屋で柳田は既にそれをにおわせていたが滝子は侵入者は柳田に恨みを持つ弟子の誰かと高《たか》を括《くく》っていた。何しろ柳田を呪いたい者などは民俗学者の数だけいるのだから。

北神は無言で柳田のセクレタリー机に腰を下ろしている。それは柳田に対する一種の防衛術であった。この柳田邸の大黒柱の前の席こそが柳田が語りの磁場を発生させるのに最も都合のよい席なのである。

北神は答える替わりに微笑する。

「ふん、お前もそう察したとみえる。これは理屈ではないからな」

柳田は北神の表情を読みとり、満足気に言う。神戸の叔母さんとは柳田の初恋の人である山人の少女を連れ去った謎の女である。

「お前が儂の命令を聞かず神戸の叔母さんを捜さぬからあやつが向こうから儂を殺しに来た」

柳田が北神に責任転嫁するようなことを言うので、滝子はかちんときた。

「そんなふうにいつも自分だけはこの書斎に座ったままで、弟子たちにのみフィールドワークを命じてばかりいるから岡さんにせよ皆、先生の許を去るのよ」

滝子は柳田民俗学の本質的な欠陥を容赦なく指摘する。柳田民俗学では柳田以外の研究者はただフィールドワークを行い資料を集める手足に過ぎず、思考するのは柳田一人であった。柳田はそれを公言して憚らず、弟子たちが論文に考察や理論を持ち込むことを心底嫌った。それに若い弟子たちが造反するのはある意味では当然だといえた。

「知ったようなことを言うな。儂は殺されかかったのだぞ」

「殺されりゃよかったのよ」

滝子は引かない。

「滝子、いいかげんにしろ」

北神に諫められ滝子は口を尖らす。

こういう時、北神は一度だって滝子の肩を持ってくれたことはないのだ。

「だが……確かに妙だ、先生を殺さなかったのは」

「お前までそんなことを言うか……」

柳田は恨めしそうに北神を見る。

「あの時、女は先生を殺す気だったのに突然、止めた。女の結界が崩れたからです」

「それは北神、お前がその仕込み杖を使ったからだろう」

柳田は北神が両手で摑み、顎を載せている杖を見て不審そうに言う。

「いいえ、この剣ではあの女の結界は崩せませんでした」

北神は自分の能力を冷静に語る。兵頭北神は無敵の剣士などでは決してないのだ。

「ならば誰がやったのだ」

「もう、北神てば。俺が助けてやったって柳田に恩を売っとけばいいのに、馬鹿正直なんだから」

滝子が呆れたように言って立ち上がる。タオルが冷めてきたので熱いものと替えようと思ったのである。

そしてふと柳田に視線を落とす。

「あら、先生、なに、一生懸命に握ってるの？」

滝子は床にへたり込んだままの柳田の右手を見て言った。

「なんだと？」

柳田の方が不思議そうに言う。

「ほら、これよ」

滝子はしゃがみ込んで柳田の手首を摑み、柳田の目の前に示す。確かに何かを握っている。

「それだよ」

北神は言う。

「何がよ」

「先生の命を救ったものの正体さ」

「まさかお札でも入っているとか」

「かもしれない」

北神は悪戯っぽく笑う。

「先生、ちょっと見せてよ」

滝子は拳を握ったままの柳田に言う。

「て……掌が開かぬのだ」

柳田は滝子の批難するような視線に渋々と告白する。恐怖のあまり指先が痙攣して指が開かないのである。

「ま、野口英世みたい」

滝子は今だったら差別表現ともいえる皮肉を口にしながら柳田の指を一本一本開いていく。

冷や汗なのだろうか指はびっしょりと濡れている。そして最後に掌から汗で滲《にじ》んだ紙片が出てくる。

滝子は老人の冷や汗がしみこんだ紙片はさすがにおぞましいものに感じられ、指先で摘み上げた。

「……何……これ？」

それはしわくちゃになったトランプのカードのようなもので、奇妙なのはその図案である。

こちらに向けられた右掌の中に不気味な人の眼が一つ描かれているのである。

滝子はその眼を試しに柳田に向けてみる。

柳田は脅えるように目を背《そむ》けた。

「なにこれ、おもしろい」

柳田の反応に滝子は子供のように喜ぶ。

「ヤハウェの眼だ……」

北神は呟く。

「ヤハウェの眼？」

「そう、ユダヤ人の護符さ。悪意を跳ね返す」

正確には邪眼除けの護符である。視線には視線で抗すという呪いである。

「そんなもの、何で先生が持っているの？」

「し……知らん……気づいたら摑んでいたのだ」

「崩れた本の中から落ちたのかしら」

滝子は書棚を見上げる。

「いいや、落とし物だよ」

「落とし物だと……？」

柳田は見当がつかないという顔をして言う。

「そう、最初の女の……」

「何だと、女は二人いたのか？」

柳田は初めて真相を知らされ愕然とする。

「なあに？　ってことは柳田先生は二人から同時に恨まれてたってわけ……」

呆れたように滝子は言う。

「二人目の女は神戸の叔母さんに間違いはないのですね」

北神の言葉に柳田は頷く。

「では、一人目に心当たりは」

柳田はかぶりを振る。

北神はセクレタリー机を離れ、柳田の前に間引きの絵を広げる。今しがた、一人目の女が置いていった絵である。

そして滝子の手からカードを抜き取り、その隣に置く。

「ユダヤ人の護符に間引きの絵……先生、心当たりが本当はあるんじゃないですか」

柳田は顔を背け目を伏せる。

「あっきれた……他人にフィールドワークとやらを命じておいて隠し事をしているわけ」

滝子が柳田の前に見下ろすように立って言う。

「白状しなさいよ。じゃないとまた熱い蒸しタオル持ってくるからね」

「聞きたいか」

柳田の表情が豹変する。滝子はしまった、と思う。白状しなさいよ、と柳田に昔語りを乞うてしまったのだ。

その瞬間、ふわりと北神がセクレタリー机に戻る。そして杖の鈴をちりんと鳴らす。凝縮しかけた空気がたちまち弛む。

「ふん……語り部の座であるその席をお前にとられては儂でもこの場を支配することはできん。教えてやってもいいが、それではフィールドワークのおもしろみがなかろう」

柳田は不敵に笑う。

「居直るわけ?」

「ならば語ろうか」

「結構よ」

滝子はきっぱりと拒否すると、身体に纏わりつこうとする柳田の言葉を払うように着物を払う。

「行こう、北神」

滝子は北神の袖を引っ張る。

「か……帰るのか？　こんな夜中に」

柳田は途端に怖気《おじけ》付く。

「あんたに昔語りを聞かせられるよりずっとましよ」

滝子は鼻をふんと鳴らす。

「儂は一人になる」

情けなさそうに柳田は北神を見上げて言う。捨てられた仔犬のような目で北神を見つめる柳田に滝子はざまあみろという気になる。

「それがどうしたの？」

「あの女が……神戸の叔母さんがまた儂を殺しに来る」

「大丈夫ですよ」

「お前までそんな冷たいことを言うのか」

北神は無言で立ち上がる。そして柳田の前に広げられた絵を取ると折り畳んで再び懐に入れる。

「そっちの護符は残しておきます」

北神はそう言うと、カードを柳田の膝の上に置いた。

「ぼくよりはずっと役に立ちますよ、それは」

「ま、待て……北神」

柳田は追い縋るように言うが立ち上がれない。柳田はそこで初めて自分が腰を抜かしていることに気づいた。

そして下腹部の辺りがぐっしょりと濡れていることにも気づく。それは冷や汗ではなく失禁であることはその生温かい感触からも容易に察せられた。

「くそっ」

柳田は目の前のカードを忌々しげに見た。だが、ぎろりと掌の中の眼に睨み返された気がしてすぐに目を背けてしまった。


「ユダヤ人の護符と間引きの絵ねえ」

滝子は画鋲《がびょう》でベッドの枕元の壁に間引きの絵をとめる。これが最後の一葉で、塔の部屋の壁中が既に例の間引きの絵で埋め尽くされる。

「止めてくれよ、滝子。今度はぼくがうなされる」

北神が苦笑いする。

「うなされればいいのよ。あたしに内緒で内地に戻ってきた罰よ」

滝子は一度は不問に付したことを蒸し返す。

「悪かった……明日にも連絡するつもりだった」

北神はすぐにもばれる嘘をつく。

「明日にも？　もう二ヵ月もこの部屋にいて？」

「知っているのか」

北神はしまったという顔をする。

「だってあたしが部屋代請求されたもん。ホテルの主人だってあんたに言ったたって埒が明かないからあたしの顔見た途端に待ってましたとばかりに請求書、渡すんだもん」

滝子は嘆《なげ》くように言うが、しかしそうやって北神のつけを替わりに請求されることで彼の身内扱いされている気がして嬉しかった。

「それにしたってこのホテルも呑気よね」

滝子は二ヵ月も部屋代を請求しないホテルの方に矛先《ほこさき》を向ける。

「まあ、ここはそういう客ばかりだから」

そういう客ばかりが集まる菊富士ホテルは、しかし元々は大正三年の東京大正博覧会に訪れる外人客を当て込んで建てられた高級ホテルであった。だが外人客の足はすぐに遠のき、いつの間にか得体の知れない高等遊民たちの下宿と化していた。最初はニコライ・ネフスキーらロシアの東洋学者たち、次に谷崎潤一郎《たにざきじゅんいちろう》や宇野浩二《うのこうじ》ら小説家、そして近頃では特高に尾行されるマルキストたちの寄宿となり、この時は宮本百合子《みやもとゆりこ》とともにロシアから帰朝した湯浅芳子《ゆあさよしこ》が寄宿していた。表の刑事たちは地元の本富士署の者、そして予算のある特高刑事たちはといえば芳子の隣室に堂々と宿泊して監視していたのである。そんな宿では北神の胡散臭《うさんくさ》さ如きは至ってかわいいものである。

「うーん、だけど妙よね」

滝子は壁いっぱいの間引きの絵をしげしげと眺める。

「何がだい？」

「何だかあたし、見覚えがあるのよ」

「この絵にかい」

「ううん、違うの。絵に描いてある女の人の方。一体どこで見たんだろう」

滝子は思案げに首を傾《かし》げる。その時、部屋がノックされる。

「鍵は開いてるわよ」

滝子が返事をすると入ってきたのはホテルの主人で、盆にはサンドウィッチと紅茶が載っている。

「なあに、そんなの頼んでないわよ」

「サービスですって、長期滞在のお客様への、当ホテルからの」

「嘘おっしゃい、さっきつけを払ったんで態度を変えただけでしょ。ったく」

「あ、図星です」

京大出の主人は屈託なく笑う。これくらいでないと変人ばかりが寄りつくホテルなど到底経営はできないのだろう。

「当ホテル自慢のコロッケサンドです」

主人は悪びれず銀のトレイをテーブルの上に置く。

「おいしそうじゃない。ちょっと腹立つけど」

滝子は手を伸ばして頬張る。ソースがたっぷり染み込んでいる。

「あれ……この絵……」

部屋をぐるりと見回した主人が声を上げる。

「申し訳ない、滝子が勝手に」

北神が申し訳なさそうに頭を掻く。

「いや、貸してる部屋をどう使おうとお客様の勝手ですけど。ただ、この絵……お葉《よう》さんじゃないのかなと思って……」

主人は間引きのおぞましい絵に何故か懐かしいもののように見入る。

「お葉さん？　誰それ」

滝子がコロッケサンドを口に詰め込んだままその名を鸚鵡返しにする。

「あれ……違うのかな」

「だから誰、その人」

「モデルだよ」

「モデル？」

「そう、竹久夢二の美人画の……うちの帳場の奥にあるでしょう。一枚、大っきな絵がさ」

主人に言われた滝子はああ、と思い当たる。

「それよ。あの帳場で見たんだ」

「ありゃ、夢二さんがお葉さんをモデルに描いた絵をうちを出ていく時、溜まってた宿泊代の替わりに置いてったんですよ」

「まあ、北神よりたちが悪い」

「そう兵頭さんは滝子ちゃんが来てくれりゃつけは払ってもらえるからね」

実際、ホテルの宿代を怪しげな書やら絵やらで払おうとする文化人は多かったが、その大半は風呂の焚付けに消えたという。さすがに稀代の人気絵師の夢二の絵だけは例外的に帳場の奥に飾られていたので滝子の目に留まったのである。

「……この絵も夢二のものかい？」

北神は主人に訊く。

「いや……これは全然違う……これは多分、伊藤《いとう》先生の絵だよ」

「伊藤先生？」

「そう……伊藤晴雨《せいう》っていう責め絵ばっかり描いている変わり者の画家さ」

市電の駒込動坂町で下車して浅嘉町方向に坂を上り駒込病院の門の向かいの路地を入ったところが、その伊藤晴雨なる絵師のアトリエだった。アトリエといっても軒は傾いていて、荒れ果てた庭は日当たりが余程悪いのか青い苔でびっしり覆われていた。

玄関から声をかけても返事がないので滝子は庭に回ったのだが、こちら側も障子は破れ放題ですり減った畳の上には画帳や描き損じが散乱している。

「まるで化け物屋敷ね」

滝子は思わず呟く。

「ああ、ついこの間まで化け物が住んでたからな」

部屋の奥の破れて綿のはみ出した布団の中から男がむくりと起き上がったので、滝子はぎょっとした。

「もう、驚かさないでよ」

「他人の家の庭に勝手に入り込んできた者の言い草じゃないよな」

男は人一倍濃い眉《まゆ》をひくひくと動かし、人懐っこそうに笑った。滝子はたちまち警戒心を解いてしまう。この男は不細工な顔だがすぐに女に心を開かせる魅力があるようだ。

「化け物って……化け猫とか？」

「ああ、まあそんなもんだ。あたしの三人目のかみさんが一緒に暮らしてすぐ発狂してこの始末だ」

男は荒れ果てた部屋の中をしかし何故か愛おしそうに眺める。

「カフェで引っかけた女だったが脳梅毒《ノーバイ》でさあ、俺が写生旅行から戻ったら俺の絵も秘蔵の珍《ちん》籍《せき》も、それから高い金出して写真技師に撮らせた雪責めの写真もみんな引きちぎられて紙屑さ」

男はそう言って今時珍しい散切《ざんぎ》り頭をぽんと叩く。絵描きというよりは大工か何かの職人といった顔立ちである。この時、伊藤晴雨は三人目の妻を狂死させた直後であった。だがそんな凄惨な経験もこの男の口にかかると何やら愉快なもののように聞こえる。

「雪責め?」

滝子は男の言った中で一つだけわからなかった言葉について尋ねる。

「ああ……女を長襦袢《ながじゅばん》一枚にして麻縄で縛って雪の日に竹林でしたんだ……下高井戸の竹藪《たけやぶ》でそん時の女房を縛ったんだが、それを近所の婆さんに見られて大騒ぎさ。近くの松沢村っていえば瘋癲《ふうてん》病院で有名じゃないか、だから狂人が逃げ出してきたってさ」

男がまたもやおかしそうに言うので、滝子もつい笑う。しかし本当は笑える話ではない。

「それでなんだい、お嬢ちゃんも縛られに来たのかい?」

男の言い草があまりに罪がないので滝子はつい頷きかけてしまうが、麒麟のように首を出して後から現れた北神が「それは勘弁してやってくれ」と苦笑いして制した。

「なんでえ?」

滝子は本当はその気もないのに駄目と言われてつい不満そうに声を上げる。

「もしかして焼き餅？」

滝子は北神の顔を盗み見る。北神は半端に微笑する。そして男の名を質す。

「あんたが伊藤晴雨さんかい？」

男の目が光る。

「あんたが兵頭北神さんかい？」

男が言い返したので滝子は驚く。

「へえ、有名なんだ、北神てば……」

「菊富士ホテルの主人から電話があったよ、兵頭北神って男にあたしの家を教えたからって断りのね」

「なあんだ」

種明かしをされて滝子はがっかりする。客商売らしくホテルの主人が如才なく北神の来訪を伝えてあっただけの話である。

「だったら用件も伝わっているね」

「ああ……お葉のことだろ……懐かしいね」

晴雨は遠い目をして言う。その仕草がどうにも芝居がかっていて、滝子はこの男、中々、食えないわね、と思った。そして晴雨は滝子のそういう印象を見透かしたようににたりと笑った。

食えないのはあんたの連れだって同じだろう、とその目は言っているかのようだった。

晴雨は北神たちを家の中に招き入れた。といってもどこからが外でどこからが内かわからぬ程のあばら屋である。

だが上がり込んで改めて室内の惨状を見るとやはり尋常ではない。散らばった紙は全てが引き裂かれている。

「あの女、紙という紙を全部破いちまいやがってね。おかげでお葉を描いたのだって一枚も残っちゃいない」

晴雨はすっとぼけたように言う。北神は懐から柳田の枕元に差し込まれた絵を取り出して晴雨の前に広げる。

「おお、こりゃ懐かしい。まだ残ってたんだね、こんなところにお葉の絵が」

晴雨は明らかに嘘とわかる芝居がかった口調で言う。嘘を楽しんでいるのである。

「だが墨はまだ新しい」

北神は晴雨の嘘を崩そうとする。

「そう言われりゃまるで昨日か一昨日に描いたもののようにも見えるねえ」

晴雨は紙を後ろから透かしてみて感心したように言う。

「この絵を描いたのはあんたかい？」

「ああ、そうだ」

それはあっさり認める。

「描いて誰に渡した」

「さあね」

今度はそっぽを向き、煙管《キセル》をぽんと火鉢の上で叩く。

「とぼけてもらっては困る」

「あのさ、北神さん」

晴雨は北神に向かって身を乗り出すと、その耳許に顔を寄せ内緒話のように話し出した。とはいえ滝子にも筒抜けなので秘密の話でも何でもない。これも芝居である。

「あたしの描く絵は中央の画壇の偉い先生たちの絵と違って、言わば特別な趣味の人の絵だ」

「特別な趣味?」

滝子はつい口を挟む。

「早い話が変態性欲者ってこった」

「まあ」

そこまであからさまに言われてはさすがの滝子も顔を赤らめる。

「そういう連中に頼まれて女を縛ったり叩いたりする責め絵を描くのがあたしの仕事だが、この変態性欲者には裁判官だの大学の教授だの社会的身分の高い人が少なくない。つまり、世間に知られちゃ困る。だから依頼人の名前は誰一人明かさないってのがあたしの商売の信用でね」

「もっともらしい言い草だな」

「そう思ったら納得してくれよ」

晴雨は童子のように笑う。つられて北神も笑ってしまう。

「それ以外のことなら何でも喋るさ」

「だったらお葉とは何者だ？」

すかさず北神が問う。

「ほうら、やっぱりあんたの本当の関心はそっちにあったね」

晴雨は北神を見て小太りの身体を嬉しそうに揺らした。

「なあに、それってどういうこと？」

自分の男が他所の女の方に関心があると指摘されては滝子は黙っていられなかった。

「お葉は不思議な女でね、出会った男はみんなあいつの虜《とりこ》になった……」

「嘘……」

ますます不安になるようなことを言われ、滝子は思わず呟く。

「嘘じゃない……俺はあいつが十三歳の時にモデル婆さんに紹介されて会ったんだが、その時もうあいつはいっぱしの女で、あたしはすぐさまあいつを愛人にした」

晴雨はまた嘘とも本当ともつかぬ言い方で滝子を煙《けむ》に巻いた。

　ここで晴雨に替わってお葉なる人物について少し触れておくことにする。お葉は「嘘つきお兼《かね》」なる渾名《あだな》で呼ばれた少女モデルで、日本では初めてのモデル斡旋会社であった宮崎《みやざき》モデル紹介所の所属であった。モデル紹介所といっても上野の芸術大学の裏手にある寺と墓地に囲まれた古びた民家にただ宮崎と表札が出ていただけで、モデル婆さんと呼ばれた宮崎菊《きく》の元自宅であった。モデルを必要としていたのは画家たちで、特に裸体画のモデルなど簡単には手に入らぬ時代であったから芸大の学生から画壇の大家まで皆、このモデル婆さんの世話にならない者はいなかった。

　嘘つきお兼ことお葉がこのモデル紹介所のモデルとなったのは十二かそこらの時であり、その幼い肢体《したい》はすぐに画学生の人気の的になった。

　そして十三歳になったばかりの彼女と出会うや晴雨は責め絵のモデルとして麻縄で縛り上げたのであるが、同じ頃、もう一人、お兼にモデルとして執着したのが洋画の大家・藤島武二であった。藤島の代表作でアール・ヌーヴォーの画家ミュシャの様式で描かれた「芳恵」はお兼がモデルだとされている。晴雨はお兼は藤島の愛人でもあったと述懐しているが、真実を語る気など更々ない晴雨のことであるからどこまで信用していいものやらわからない。更にもう一人、お兼をモデルとして寵愛《ちょうあい》したのが少女画の竹久夢二であった。大正の終わり頃、二人が同棲生活を送ったのが菊富士ホテルであり、夢二によってお兼はお葉と名を変えられた。お葉の絵が菊富士ホテルにあったのはそういう事情であった。

「ああ、今、思い出してもいい女だったね、長い手足で絡みつかれるともういけない。雌《めす》の蟷螂《かまきり》に恍惚《こうこつ》として食われる雄《おす》の蟷螂の気持がわかったね」

晴雨はうっとりと目を細め、わざと淫靡《いんび》な笑いを滝子に向ける。まあセクハラのようなものである。

「お葉は今はどうしている?」

「さあね、あたしと別れた後は夢二とくっついたが夢二が新しい女を作って菊富士ホテルを出ていった後は行方は知らないねぇ」

晴雨ははぐらかすように言う。

「いいかげん、本当のことを言ってほしいが」

北神の語気にわずかに棘《とげ》があるのが滝子には気になった。この程度の茶化され方に怒る北神ではないはずだ。

「なにも隠しちゃいないさ、あたしが十三のあいつを抱いた時にはもう処女じゃなかったってことだって……」

晴雨はまたはぐらかす。北神はかぶりを振る。苛立ちを隠さないのがまた滝子には気になった。

「だったらなにが聞きたい」

晴雨は今度は挑発するように北神に言う。滝子は一瞬、北神が躊躇するかのように口ごもるのを見て直感的に不吉なものを覚える。

「……お葉は……お葉は山人だな」

北神が吐き出すように言ったその言葉に滝子は凍りついた。

「北神あんた……それで……もうわかったから帰ろっ！　こんなところ、今すぐ」

滝子はそう早口で言うともの凄い剣幕で立ち上がり、北神の手を引っ張る。だが北神は身じろぎもしない。

晴雨は北神が本音を口にしたのが満足なのか滔々と語り出した。

「そうさ、山人の女は里の女と骨格が違う。手足が長いし、足なんざ西洋の女よりもまっすぐだ。山人は先住民族の子弟だって話を聞いたが、古事記に出てくる長髄彦《ながずねひこ》とか土蜘蛛なんていう名前の天皇家にまつろわぬ連中はことによっちゃ山人の先祖かもしれないねえ。あたしも山人の血が少しでも入っていればこんな小男じゃなくって少しは足も長かったろうに……」

「やめて、もう、山人の女の話はっ！」

滝子はヒステリックに叫ぶ。耳を塞《ふさ》ぎたいが塞げば北神の手を放さなくてはいけない。手を放したら北神は晴雨の話に憑かれてしまうに違いない。

「やめないさ。その男が聞きたいと言ったんだから。だいたい信じられるかい？　あたしのような変態画家の描く責め絵、それと正反対のおよそ性の匂いのしない夢二の少女画、もう一つ画壇の重鎮の藤島武二の高級でくそおもしろくもない西洋画……そのモデルを全部、一人の女がやったんだぜ。夢二と一緒に暮らしていた時は周りの連中は皆、お葉のことを夢二画から抜け出してきたようだって噂したが、なあに、あたしのモデルだった時もあたしの絵から抜け出してきたような女だった。藤島だって同じだろう。あれは人に憑く女だ……山人の女ってのは皆、そうなのかい？」

からかうように滝子に言うが、それは滝子にとっては全く洒落になっていない。

「そうよ、だから心配なのよっ！」

滝子も本音を叫ぶ。晴雨の表情がふっと弛む。

「ふん、お嬢ちゃん、正直でいいや。だが山人の女と競おうったって無駄だよ……あたしだって夢二だって藤島だって自分で言うのも変だが女の方から自分を描いてくれと寄ってくる。絵描きってのはそういうもんだ。女に不自由はしない。だが、三人が三人揃ってころりだ」

「じゃあ北神も？」

滝子は泣きそうな声で言う。

「あたしが保証する。絶対、そのお兄さんも惚れる……けど……」

「けど……？」

滝子は次の言葉を待つ。

「死人じゃどうしようもないさ」

「え？」

滝子は一瞬、弾んだ声を上げてしまって慌てて口を塞ぐ。いくら何でも人が死んだと知らされて喜んではいけない。それに北神が受けるであろう衝撃を考えると喜ぶわけにもいかない。神妙な顔を作って北神の顔を盗み見る。

「死んだ……だと？」

案の定、北神の怒気がびりびりと滝子に伝わってくる。

「そういう噂だよ」

晴雨は北神の気をいなすように言う。

「残念だったねえ、せっかくあたしの所まではたどり着いたのに、役に立てなくて」

「いいえ、もう充分。北神、今度こそ帰るわよ」

滝子が北神にきっぱりと宣言する。

「いいねえ、そのはっきりした性格。どうだい、縛られていかないかい？」

晴雨は半分、茶化すように言うが、目はどうも本気である。

「結構です」

滝子はもう一度きっぱりと言って縁台に先におり、北神を有無を言わさず引きずりおろす。

その姿に晴雨は苦笑いする。

「せいぜいそうやって手をしっかり握っておくんだな……」

「何よそれ、皮肉？」

滝子は憤然として振り返る。

「いいや、あたしは心からそう言ってるんだ。お葉の手をあんたみたいにしっかり摑んで放さなかったらあいつを失うことはなかった。山人ってのは里で暮らしても結局、居着いちゃくれない。すぐ山に戻りたがる」

晴雨は嘆く。

「昔話の鶴女房《つるにょうぼう》みたいね。でも何であたしにそんなことを言うの？」

滝子は晴雨の顔を見つめる。

「そのお兄さんも山人なんだろう？」

ああ、わかっていたのか、と滝子は思った。

「まるで人の心が読めるみたいね」

「読めるのは女の心だけだ。そうじゃなきゃ責め絵のモデルになんか女を口説けない」

「けれどもお葉だけは違った……」

滝子にそう言われ晴雨は意外そうな顔をする。

「男の心を読むのは得意なの」

滝子はとっておきの笑顔を返した。

「でもそのお兄さんの心だけは読めない」

「そうなの……」

滝子は今度は少し悲しそうに笑って北神の着物の袖口をぎゅっと握った。

「ねえ、北神」

市電に揺られながら滝子は北神の顔を盗み見る。

「なんだ……」

「北神はいつからお葉さんのこと山人だって気づいてたの？」

「柳田先生に間引きの絵を見せられた時からだ」

北神は流れていく風景でも見ているのか、外を見たままぼそりと言う。

「すぐにわかっちゃうんだ」

滝子は訳もなく嫉妬して言う。

「滝子」

北神はいきなり滝子を抱き寄せる。

「な……何よ、人前で。そんなことして御機嫌とろうったって」

滝子はいやいやをして北神を慌てて押しのけようとする。

「馬鹿、勘違いするな」

勘違いと言われ滝子はむっとしてそっぽを向く。

「ちょうどいい、そっちの後ろの方にいる軍人がわかるか」

北神は滝子の耳許で囁く。

「ああ……」

北神に言われ滝子は降車口のところに立っている軍人をついしげしげと見てしまう。視線があった瞬間、滝子はノースリーブの腕を思わず両掌で覆った。冷たい風が男の居る方から流れてきた気がしたのだ。そしてああこれはつい今しがた人を殺した気配なのだと滝子は理由もなく確信した。そしてもう一度男の顔をじっと見た。人殺しを見るのは初めてだった。

「あまりじろじろ見るな」

「なによ、見ろと言ったり見るなと言ったり」

軽口を叩いてみるが悪寒は消えない。

「あの二人組、伊藤晴雨のアトリエからずっとつけてきている」

北神はまた耳許で囁く。

「……嘘……いくらこういう御時世だからって軍が責め絵の画家をわざわざ監視するなんて……」

息が耳朶《みみたぶ》にかかってちょっとぞくぞくして少し声が上擦る。

「妙だろ？」

「妙ね」

「じゃ、聞いてみよう」

そう言うや北神はつかつかと軍人に近づいていった。滝子は唖然《あぜん》とした。

そして何故か北神は、

「白粉《おしろい》の匂いがするぜ、軍人さん、死体の臭いが消えないからかい？」

と軍人の一方に顔を近づけ鼻をひくつかせていたのであった。

そのまま北神と滝子は有無を言わさず軍人に連行された。次のステーションで下ろされると黒塗りの車が待っていた。

「どっちにしろ、ここで下ろされて連れて行かれる手筈だったらしい」

北神は滝子を庇うように肩に手を回し車に乗り込む。車はそのまま大手町の憲兵隊本部の門をくぐった。

「ここ……どこ？」

車から降ろされた滝子は不安そうな声を上げる。さっき市電の中で男の方から流れてきた風とはまた違う死臭が澱《よど》んでいる。だがこれも人を殺した時の残滓《ざんし》のようだ、と滝子は思った。

滝子はそれを北神に目で告げた。

「関東大震災の時、そいつらの仲間がアナーキストの大杉栄《おおすぎさかえ》を殺した所さ。震災のどさくさでこいつらは山人だけでなく社会主義者や朝鮮人まで殺したんだ」

同じことを感じたのだろう、北神は言った。

北神の言葉に左右の軍人が明らかに殺気立つ。

「……」

滝子は脅えて北神に身体を押しつける。

「ほら、そこに見える古井戸に死体を投げ入れて上から煉瓦を投げ入れたんだ……そうだろ？」

北神は更に挑発するように言う。滝子には十幾年も前の出来事なのに簀巻きにされた軀《むくろ》が二つ投げ込まれるのが見えた気がした。

「やめんかっ！」

白粉の匂いがする、と北神に言われた軍人が耐えかねて叱責するように振り返る。だがそれは北神の挑発に乗せられたというより死者を冒瀆《ぼうとく》するな、と言っているようにも滝子には聞こえた。

だから北神の方を向き直り「大杉を殺したのは我々ではない」と鋭い目で北神を凝視《ぎょうし》して一気に吐き捨てたのを滝子は男の弁解とは思わなかった。それはまるで秘密を吐露《とろ》するような口ぶりでさえあったのだ。

滝子は北神と軍人のおぞましい会話を聞いていたので拷問《ごうもん》部屋の如き場所に連れ込まれると信じ込んでいた。責め絵師を訪ねた後で陸軍のアナーキスト殺しの拷問部屋に連れて行かれるなんて何の因縁かしらと嘆いたが、北神が一緒ならどこでもいい、と思った。いっそさっき見た大杉栄と愛人の伊藤野枝《のえ》の残像のように二人で簀巻きにでもされて井戸の中に放り込まれるのも悪くないとさえ思った。

北神の周りにまたも山人の女の影がちらつき出したのが滝子にはたまらなく不安だったのだ。

だが、北神たちが通されたのは拷問部屋でも取調室でもなくただの応接間であった。さすがにここは人を殺した気配はしない。

菓子までは出なかったが下士官が不器用な手つきで二人の前に番茶の入った湯飲みを置いていった。

「毒薬が入っている……とか？」

茶渋《ちゃしぶ》のこびりついた茶碗をちらりと見ると滝子は疑《うたぐ》り深い目で市電からずっと一緒の軍人の一人を睨む。

「ふん……柳田國男の息のかかったお前たちにそこまではできん」

白粉の匂いがすると言われた軍人が残念だと言わんばかりに二人を見る。そして、「自分は陸軍憲兵中尉緒方威彦《おがたきみひこ》だ」と名乗った。

また人殺しの風が一瞬、吹いた気がした。

殺意ではない。殺したことの哀しみが消えないのだ、と滝子は思った。だから恐い、とは感じなかった。

「大杉殺しの甘粕正彦《あまかすまさひこ》の後輩か」

「そうだ」

甘粕の名は憲兵隊でも一種の禁忌《きんき》であったはずだと知っていたから緒方が毅然《きぜん》とした顔でこれを肯定したことを北神は少し意外に思った。

「それで大杉と同じ目にこれから遭わされるのかな……それとも小林多喜二《こばやしたきじ》みたいにか」

「多喜二を殺したのは特高だ。一緒にするな」

北神があくまでも挑発を止めないので滝子は多少はらはらしたが、自分たちが殺されるとは全く思わなかった。

「あんたを殺すには人手が足りん。弓矢や鉄砲ぐらいは用意しないと」

緒方は北神の仕込み杖を見て言う。

「わかってるじゃないか」

「あんまりつけあがるな。柳田國男の手下のくせに」

緒方は不快極まりないといった顔で言う。滝子はさっきから緒方が柳田の名を忌々しげに繰り返す方が不思議であった。いくら高名な民俗学者とはいえ所詮は民間人である。

「なに言ってんのよ、北神は破門されて満州に追放されたのよ」

それでも滝子は大切な北神を柳田の手下にされたくなかったので抗議をする。

「擬装工作という説だってある」

「食いっぱぐれて満州で占い師をやっている民俗学者に何故、あんたたちがそこまで関心を持つ」

北神がようやく緒方にまともな口をきいた。

「わかっているだろう？　あんたが半分、山人の血を引くからだ……柳田によって戸籍を与えられて平地人のふりをしてるがな……」

明らかな敵意を滝子は初めて男から感じた。山人をこの男は自分と同じように憎んでいる、と滝子は察した。けれども滝子は北神を庇うように叫ぶ。

「よ……余計なお世話よ」

それは本能のようなものであった。

「皮肉を言いに連れてきたのなら帰るぞ。不味《まず》い番茶の分は話を聞いたぜ」

北神も立ち上がる。北神の袖を摘んだままの滝子も引きずられる。

「話を聞きたいのはこっちだ」

緒方は座ったままで制止する素振りは全く見せずに言う。敵意は消えない。

「聞かせるとは限らない」

「では情報交換だ」

緒方は北神の挑発に挑発し返すように言う。

「何の情報だ」

北神もまた敵意をむき出しにする。

「お葉と鈴木カ子《ね》ヨ……あんたたち、伊藤晴雨の所に行って色々とお葉のことを嗅ぎ回っていたようだが……」

カ子ヨというのはお葉の戸籍上の名である。探るように北神に緒方は言った。

「色々じゃないわ、大した話は聞けなかったもの」

滝子が二人に割って入るように答える。

「憲兵隊がモデルの女に何の用だ」

「お前こそ、何故、嗅ぎ回る」

敵意と敵意が対峙する。

「ね、ね、情報交換って言ったじゃない……二人とも教えっこすれば……ね」

滝子は思い切りかわいい顔をしてとりなすように緒方を見たが、無論、無駄である。

「我々がお葉に関心を持っている理由は言えぬ」

自分から情報交換を持ちかけながら緒方は理不尽なことを言い出す。ある意味、軍人らしいとは言える。

「それじゃ、話にならない」

「だが、お葉がどこで死んだかは教えられる。どうだ？　知りたくはないか」

緒方は北神に餌《えさ》をちらつかせるように言う。

「それがそんなに重要な情報か？」

北神は鼻で笑う。

「民間人のお前に伝えられるぎりぎりの機密さ」

また勿体《もったい》ぶったように緒方は言う。

「大袈裟だな……」

「どうする？　情報交換するか」

北神は緒方に直接返答する気は全くないと言わんばかりに懐から晴雨の絵を取り出す。あの間引きの絵だ。

「これを柳田先生の枕元に夜な夜な届ける者がいる。描いたのが伊藤晴雨、モデルの女がお葉らしいというので話を訊きに来た」

最低限のことだけを言う。

「やはり柳田絡みか」

緒方は軽蔑したように言う。この憲兵中尉にとって何故そこまで柳田が侮蔑《ぶべつ》の対象なのか滝子にはとにかく不可解なままだ。

「悪かったな……手下なもんでね」

同じように感じている北神もわざとそういう言い方をした。

「ふん……貴様が柳田にいいように操られる玉とは思えん……」

緒方の敵意の先にはまた別の感情があるのが滝子には奇妙だった。それが何かはわからない。

「それではこちらの情報だ」

「聞こう」

「……お葉は台湾で死んだ……」

「台湾？」

滝子はそれだけ、と思い怪訝そうに北神を見てはっとする。北神の顔が険しくなっている。怒りに全身が包まれているが、しかしそれは緒方に向けられたものではなかった。

「確かなのか」

「ああ、そこから先は柳田國男に訊け」

緒方は柳田の名を出すことが最大の敵意と言わんばかりに言い捨てた。

滝子はまたも柳田の名が出てきたことが忌々しかった。柳田に命じられてフィールドワークに駆り出され、しかしその先で答えは柳田にあると告げられるのはこれが初めてではない。むしろいつだってそうだ。

これではまるで北神は柳田の掌の上で踊らされているだけではないか。

「柳田先生の所に行くぞ」

同じ思いのはずの北神は感情を堪えるように滝子を促す。それでも彼が柳田の許に向かわねばならないのは山人の行方を追わずにはおられなかったからである。たとえそれが柳田の昔語りの術中に自らはまりにいくものであっても。

柳田はセクレタリー机に座って待ちかまえていた。やっぱりね、と、滝子は思った。

「きたない奴、あたしたちが来るのをわかっていたのね」

「緒方には上を通して一言、言っておいたから手荒なことはされなかったろう」

柳田は恩着せがましく言う。

「それで何が聞きたい」

悪意の塊ともいえる柳田の「邪眼」に北神はユダヤ人の護符の如き視線で睨み返す。

「お葉の幽霊はまた現れましたか」

一瞬、怯んだ隙に柳田の正面に北神は椅子を移動させ仕込み杖を摑んだまま座る。そしてぐいと椅子を引きずり圧倒するように顔を近づける。だが柳田がたじろいだような表情を見せたのは北神に威圧されたからでは無論、ない。

お葉の名である。

「……やっぱり先生は知っていたのですね、あの間引きの絵のモデルがお葉だと」

「ふん……夢二と別れた後、家政婦として加賀町で一時引きとった」

「山人だと知ってて?」

「そうだ……山に戻ろうにもあの女の産まれた山人の村はとうにない。それに都会の贅沢《ぜいたく》な暮らしを覚えた女に今さら山姥《やまうば》の如き生活はできぬ……だから儂は同情してやったのだ、お前の仲間に」

柳田は自分の行為を正当化するように言う。

「嘘おっしゃい、要するにあんたの好みだったんでしょ？　子供の頃、出会った山人の女とお葉さんはおおかた面影が似ていたんじゃないの？」

滝子は北神を援護するためにカフェの女給か何かのようになるべく下世話な話題を姦《かしま》しい声で喋る。何故なら喋ることは語ることの対極にある話術であり、柳田の語りにほんのわずかにだが抗することができるのだ。

「ふん、女の勘だな。いかにも。お葉は魔子と同一人物ではなかったが同じ血を引くだけあって実によく似ていた」

「それで手許において慰《なぐさ》みものにしたわけね？」

滝子は更に下卑た話題に話を導く。柳田は話が性的な方向に向かうのに顔をしかめる。柳田民俗学からは性の問題が一切排除されているほど、柳田が性的な話題を嫌悪していたことを滝子は知っていたのだ。

「……あの女は淫乱だ」

柳田は吐き捨てるように言う。

「なによ……男なら大歓迎でしょ？　それともなあに、今時、女は処女じゃなきゃ認めないとでも言うわけ？　夢二やあの責め絵のおっさんがやった女は嫌だっての」

「はしたない言い方をするな」

柳田は自分の心中を指摘されたのでヒステリックに声を上げる。それを見て滝子は、

「あっきれた、このエロ爺！」

と追い打ちをかけるようにまた下品に言う。はしたない言い方で北神に嫌われるのが恐かったが、北神は何も言わない。

「それでお葉を追い出したわけね」

「台湾で駐在をやっている男との間に縁談が持ち上がって嫁いでいったのだ」

「厄介払い、というところね。台湾までやってしまえば奥様も納得なさったでしょうね」

「馬鹿を言うな、儂はお葉とは……」

「一度も寝てない？」

柳田は答えない。

「ほれみなさい、男なんてみんなそう」

本当にそう、と滝子は不意に思い、なんだか切なくなって言葉に詰まってしまう。

北神が滝子の言葉を制すように手を差し出す。そして口を開く。

「お葉は台湾に渡って死んだ……それだけですか」

「そうだ……」

「ならば何故、お葉の絵に先生はあんなに脅えるのです」

「それは儂が幼少の頃見た絵馬と同じ絵だからだ。二人兄弟ばかりの布川に産まれていれば六

男の儂などは間引かれていたのだからな」

柳田は後に自伝で繰り返すのと同じことを平然と言う。北神は悲しそうに柳田を見つめる。

「そんな顔で儂を見るな、北神」

柳田は口許に薄ら笑いを浮かべる。

「いいや、何かを隠している。語って下さい先生、本当のことを」

北神はとうとう意を決したように言う。自ら柳田に昔語りを乞うたのである。

「やめて、北神、わざわざ自分から柳田にそんなこと言うなんて、あんた、どうかしてるよ……どうかしてるよ……どうかしてるよ……」

滝子は泣きそうな声で言うがその声は袋の中で叫ぶように籠って聞こえ、更にレコードの針が飛ぶように語尾はヒステリックに繰り返される。語りの磁場が早くも形成された証しである。

「いいとも語ってやろう。この儂が感じたるまま加減なく語って聞かせてやる」

そして柳田は歓喜の表情を浮かべて北神に言い放つ。「感じたるまま加減なく」とは柳田國男の『遠野物語』の冒頭に出てくる一節である。自然主義文学のキャッチフレーズであった「見たるまま、聞きたるままを書く」という決まり文句を皮肉っぽくもじったもので自然主義が客観描写をうたうなら、自らは「感じたるまま」、つまり徹底した主観に満ちた言葉を語ろうという一種の反自然主義宣言であった。

柳田の周りで濃度を増した空気がいくつもの渦を作っていく。渦は渦に飲み込まれそして新たな渦を産み語りの場が完成する。すると柳田の顔が能面の翁のように変化する。それは一見、柔和に見えるが表情はぺたりと貼りついている。にっこりと笑い曲線になった目が実は人に根源的な恐怖を喚起するのは西洋のピエロでも同じだ。

次にぎゅん、と空気が振動する。幽霊が出るときのひゅうどろろという鳴りもののの擬音はこれを模したものだ。昔語りの場は「ないもの」さえも「あったもの」としてしまうのである。だからこれから記すお葉をめぐる物語が果たして真であるか否かは私にはわからない。ただ滝子も北神もそれをあったこととして聞く運命にあったことだけは記しておく。

「お葉が台湾に渡ったのは昭和五年だ。そして彼女が死んだのはその秋だ。

駐在の家に嫁いだお葉はその日、わけもなく胸騒ぎがしていた。虫の知らせだったのだろう。けれどもそれは村の小学校の運動会が楽しみであるせいだと無理やり思おうとした。

お葉は夫に勧められて運動会の開会式を覗きに行くことになっていた。駐在の夫を残すと小学校の坂を下りた。幼い子の手を引いて反対方向に小走りに行く幾人かの緊張した顔がまたお葉を不安にさせた。そこで引き返せばお葉は死なずに済んだのだ。空は晴れていて運動会日和《びより》で見慣れた村の光景に変わりはない。また、お葉は無理にそう思った。だが商店の並ぶ通りに入るとそこには人の姿はなく、路地裏で男たちが数名、こちらを窺っている。

お葉の前を顔見知りの女が通り過ぎていく。女は何かを言いたげだったが結局、そのまま走り去った。

お葉が小学校に到着した時には子供たちの整列が終わっていた。お葉は夫の同僚の巡査に目《もく》礼《れい》すると日本人用の観覧席に座った。それとほぼ同時にオルガンで君が代の伴奏が流れた。

その時である。

お葉の目の前をボールがぽーんと一つ跳ねたように青空を舞った。

お葉は何かの出し物だと思いボールを反射的に目で追った。

だがそこには目と鼻と口があり、呆然とした表情のままへばりついている。一瞬、それが何かお葉はわからず、ようやく町の役職の男であると気づいた時には悲鳴が校庭から一斉に起きた。

そしてお葉は宙を舞ったのは胴体から切り離された首なのだ、とぼんやりと思った……」

柳田は自然主義文学の田山花袋《たやまかたい》から一目置かれた文学青年だった過去にふさわしく、いかにも近代小説然とした語り口でその日起きた悲劇を見てきたように語っていった。それは自然主義文学の写生文そのままであるが、問題なのは見てもいないのに見てきたように柳田が語っていることである。

それが柳田の語りの騙りたる所以《ゆえん》であった。

お葉が遭遇したのは昭和五年に起きた霧社《むしゃ》事件と呼ばれる台湾先住民セイダッカの反日蜂起であった。彼らは台湾の先住民である山岳民族であり、日本の統治下では生蕃《せいばん》と呼ばれた。生蕃とは日本文化に帰順しない者たちをいい、逆に教化されたと見なされた者は熟蕃《じゅくばん》と呼ばれた。

柳田の義理の叔父・安東貞美《あんどうさだよし》はかつて台湾総督だったことがあり、叔父がその地位についたのも前総督が大正の初めに起きた「生蕃事件」、つまり先住民の反乱の責任をとったからである。先住民の反日蜂起は幾度となく繰り返されたが霧社事件はその最大にして最後の武装蜂起であった。

この日、セイダッカは日本人百三十四名を殺害、これに対し総督府はその威信にかけて台湾全土から警察と軍隊を結集、総計二千数百名が事件の舞台となった霧社に侵攻した。日本の軍警は近代兵器を駆使して蜂起したセイダッカを殲滅《せんめつ》する一方、「味方蕃」と称され日本に帰順した別の部族に銃を貸与し反乱鎮圧に参加させた。そればかりか「味方蕃」を焚付けて生き残ったセイダッカが投降した収容所を襲わせこれを殺害させるなどした。蜂起したセイダッカ千数百名のうち生き残ったのはわずかに二百八十二名、しかも彼らは故郷の山を追われ数十キロも離れた平地に強制移住させられた。これは日本政府による実質的な山岳民族セイダッカへのジェノサイドであった。霧社事件以後は残った山岳民族を「高砂族《たかさご》」と総称し、そして彼らは太平洋戦争で「日本人」として徴兵され最も過酷な戦場の前線へと送られたのである。教科書が語らない歴史にはこういう歴史もあることを忘れてはならないというのは私の個人的な意見に過ぎないが。

「小学校の校庭で殺されたのは日本人が百三十四名、誤って殺された平地民の漢民族は二人、お葉は日本人の中に含まれておる。あれが台湾に渡る時、儂が日本人の戸籍を買い取ってやったからだ……たまたま鈴木カ子ヨという似た名前の戸籍が東北の方にあったのだ……庶民の名などありふれているからいくらでも同じ名の者が捜せる。山人であるお葉が日本人として死ねたのはせめてもの救いだ……」

柳田は恍惚として自らの昔語りをそう語り終える。

帳《とばり》のような気配がゆっくりと下りてくる。

「かわいそう……」

滝子は呟く。

柳田は滝子の反応に満足そうに頷く。

「なんて、言うと思った！」

滝子は突然、大声で叫ぶとスカートの裾をはだけてセクレタリー机の上にハイヒールの足をえいと乗せた。太股《ふともも》まで露わになる。

「や……やめろ……はしたない」

そう顔を背けながらも柳田の意識が滝子の脚に向いたのか、磁場がわずかに狂うのが滝子にはわかった。

「ふん、エロ爺。山人の女じゃなくてあたしの太股だっていいんじゃない」

滝子は勝ち誇ったように言う。

「お前、儂の昔語りを聞いても平気なのか」

「じゃーん」

滝子は髪をかき上げ耳から丸めたちり紙を取り出す。

「耳栓よ……なーんにも聞こえない……とまではいかなかったけど声の調子は全然違って聞こえた。やっぱり思ってた通り先生の声質に秘密の一つがあったのね。それに話を聞いている間、頭の中でずっと東京音頭のメロディを唱えていたの。こっちも効果があったわ。理由はわかんないけど」

「毎度のことだが賢い女だ」

柳田は吐き捨てる。

「さあ、北神も目を覚まして……」

滝子は北神の方を向いて思わず息を呑んだ。北神の足許に血だまりができているのである。

北神は仕込み杖を拳一つ分だけ抜き身にし、その刃を握りしめていたのだ。

「北神……あんた……」

北神はにやりと笑う。

「ふん……まるで剣豪小説の侍が術から逃れるようだな」

柳田はたじろぎながらも必死に優位さを保とうと皮肉を返す。

ちりん。

鈴の音とともに鞘に剣が収まる。滝子によって崩されかけていた磁場は一気に消滅する。

「……柳田先生……つまりあなたは日本の山人を抹殺《まっさつ》するのに飽きたらず台湾山岳民族までも滅ぼした、というわけですね」

北神の瞳には怒りで冷たい炎が灯っている。

「わ……儂は何もしておらん」

語りの場を失った柳田は慌ててかぶりを振る。

「そう……先生はいつものように手は汚していない。だが先生の作った平地人の民俗学、天皇家の習俗との共通点を常民《じょうみん》と呼び、日本人の基準とする民俗学こそが山人抹殺の根拠を軍の連中に与えているのを知らないとは言わせない。しかもあなたが山人実在説を放棄したのは台湾総督だった親族に招かれて台湾先住民の存在を目にしてからでしたね。それまでのあなたは『遠野物語』に自ら山人の伝説を語って平地人を戦慄せしめよ、と記したくらいに山人に肩入れしていた。だが先生の山人論は初恋の山人の少女に執着することで始まった叙情詩に過ぎない。そして台湾で反日蜂起を繰り返す先住民を現実のものとして見てしまったあなたは山人を危険視し始めた……その直後あなたの民俗学から山人実在説が姿を消した……そればかりでない……」

「もういいっ！　お前に儂の気持ちがわかるか！」

柳田は聞《き》か猿《ざる》の如く耳を塞ぎ北神の言葉を遮る。

「わかりたくもない。あんたは間引きの悪夢を見ながら結局、国家の間引きに加担しているだけじゃないかっ！」

北神の怒りに柳田は沈黙した……かに見えた。

だが、柳田は他人の語りの綻びを決して見逃さない。にたり、と柳田は面を上げる。

「ならば北神……お前はどうだ。儂のやっていることを本当は知っているくせに何故、儂を殺さん。その剣で儂の首を刎ねる隙はいつでもあるぞ」

柳田は冷酷無情な顔で言う。

北神は言い返せない。

「…………」

北神は表情を失ったまま虚ろな目で柳田を追ってしまう。

「わかったか……儂とお前は同類なのだ。山人にも平地人にも帰順できない蝙蝠《こうもり》なのだ。蝙蝠は蝙蝠らしく生きろ、北神」

そう勝ち誇ったように言い残すと柳田國男はセクレタリー机から立ち上がった。そして「どっとはらい」と部屋中に響く甲高い声で言った。

柳田の昔語りの時間は終わったのである。

後には語りの磁場の替わりに絶望だけがその場の気配の中に残され、それはいくら耳栓で耳を塞いでも滝子の心に流れ込んできてしまうものだった。

〈3〉世相

「ねえ、あれ、あれ、あそこを行くの柳田の彿々爺じゃない」

滝子がフルーツパフェの柄の長い銀匙《さじ》を頬張ったまま突然叫ぶ。

「ねえったら、北神」

無反応な北神の顔を両掌で挟んで無理やり窓の外の通りに向かせる。

背筋を定規に当てたようにぴんと伸ばして歩く和装の後ろ姿の男が目に入る。

「どうだろう」

それでも関心なさそうに頬杖をついたままの北神に、滝子はむくれた顔をして今度は向かいの席の立花に同意を求める。

「ほら、あの螺旋《らせん》頭。絶対そう」

「何？　螺旋頭って……」

立花はその奇妙な言い回しに反応する。

「何って……何だか気に入らない形してるでしょ、柳田の頭の形。ねっ」

ね、と同意を求められてもどこが螺旋なのかよくわからない立花は「ああ……」と曖昧《あいまい》に返事をする。

「あーっ！」

滝子がまた叫ぶ。

「柳田の奴、ステッキガールに声かけてる」

滝子が指さす先で確かに男がイイトン・クロップに刈り上げたモダンガールふうの女に声をかけている。

ステッキガール、とは銀座の目抜き通りに出没していた奇妙な職業の女たちで、銀座の端から端までを腕を組んで散歩をして料金をとる。娼婦《しょうふ》ではなく、ただ腕を組んで歩くだけ、という建て前だが、交渉次第では……という噂もある。カフェの女給やマニキュアガールあたりの副業とのことだが、援助交際などというのは何も今の時代に始まったことではないようだ。

「うーん、確かにあれが柳田先生なら周りの目というものもあるから少し慎んでほしいものだが……」

立花は男としての同情を漂わせつつ滝子に言う。しかし滝子の一旦火の付いた憤りはそれでは収まらない。

「あたし、意見してくる」

言うや否や滝子はボックス席から立ち上がり隣の北神の膝をスカートの裾を捲《めく》って跨《また》ぐと、階段を駆け下りていった。

「……行っちまったよ」

立花は呆れたように北神の顔を見た。

「止めたって聞かんさ」

悟ったように北神は言う。

「……しかし滝子ちゃんは日頃から柳田嫌いを公言しながら何かと理由をつけては先生を放っておかないのはどうしたわけなんだ」

「天敵だからさ……天敵を見つけたら近づかずにはおれない」

「なるほど」

北神の言い草に立花が納得して笑う。

「ほう、さっそく滝子ちゃんが天敵を連れてきたようだぞ」

立花が北神の肩越しに首を伸ばして言う。階段の下から滝子が大声で言うのが聞こえる。

「もう、何考えてるわけ、いい歳して。ステッキガールに引っかかって京橋から新橋まで往復するだけで六円も払おうなんて馬鹿じゃないの」

滝子が柳田の手を強引に引いて階段を上がってくるのが立花に見えた。二階席の客、そして女給たちが一斉に柳田の方を見る。

「……高過ぎたのか」

視線を一身に浴びた柳田が思わず滝子に聞き返す。

無論、皆が柳田を振り返ったのはステッキガールの値段ではなく、ステッキガールを買おうとした男への軽蔑や憐憫《れんびん》からなのだが、柳田は幸いにも取り違えている。

「そりゃそうよ……歩くだけならせいぜいが五十銭か一円。六円なんて新橋であたし並みの芸者が呼べるわ。玉の井だったら五、六人は女が買える値段よ……」

滝子は滝子で周りを気にせずまくしたてる。するとよせばいいのに柳田も反論する。

「し……しかしマネキンガールの日当は八円だと新聞に出ておったが」

「一流デパートのマネキンガールと娼婦まがいのステッキガールを一緒にする気？」

「……違うものなのか」

滝子にたちまち反論され柳田はしどろもどろである。

「日頃から民俗学とは世相の研究だとか言っといて何一つ世間を知らないんだから」

衆人環視の中で滝子はとどめを刺すように大声で柳田をやり込める。

「……そろそろ助けにいってやったらどうだ」

見かねて立花が言う。

「君が行けよ……俺はあの間に割って入る勇気はない」

「俺だって……」

言いかけた立花はしかし滝子と目が合ってしまう。

「ね、そうでしょ、立花さん」

滝子はここぞとばかりに立花に同意を求める。

立花は首をすくめるのが遅かった。

「た……立花だと」

柳田に名指しされてしまった立花は渋々といった感じで立ち上がり、ぺこりと頭を下げる。

「ご……ごぶさたしております。北神、君も……立って挨拶しろよ」

立花が小声で促す。柳田の位置から見ると、ボックス席の背もたれの向こうから、ゆらり、と立ち上がる長身の背中が目に入ったはずで、たちまち柳田が憤然とした表情に変わったのを見て立花はやれやれと思いながらため息を小さくついた。


「改めて、お久しぶりでございます」

朝日新聞社論説委員時代の部下であった立花はテーブルに両手をつき柳田に再度、挨拶する。

「一体、皆で顔を揃えて儂に何の用だ」

柳田は三人の顔をじろりと見ると、たった今、女給の置いていったコップの水を不快そうに一気に飲み干した。

「いや、用というんじゃなくたまたま先生が表の通りを通られて」

立花は柳田の不機嫌に押されて弁解するように言うが、当然弁解するようなことを立花たちはしていたわけではない。

「ふん……どうせよからぬことをたくらんでいたのだろう」

「たくらんでたのは先生の方でしょう。いい歳して女を買いに銀座まで来て」

滝子はいつの間にかおかわりしたソオダ水をちゅうちゅうと吸いながら口を挟む。

「誰が女を買おうとしたっ！」

柳田がテーブルをどんっと拳で叩く。

「したじゃん、しかもぼったくられかけて。あたしが助けてあげなかったら今ごろ仲間の円タクに連れ込まれて睡眠薬入りのお酒でも飲まされて身ぐるみ剝がされてるわ」

そういう不埒《ふらち》なステッキガールもいたらしい。

「そ……そうなのか」

滝子の勢いに押され気味の柳田は向かいの北神に助けを求めるように言う。

「さあ……私は近頃の内地の世相には疎いので……それより立花、例の件、柳田先生に御意見を伺った方がいいんじゃないのか」

北神も答えようがなく、立花に別の話題を振る。

「そ……そりゃ、先生に話を伺えれば……」

言った後で立花はすぐに「話」と柳田の前でつい口を滑らせたことに気づき顔を強ばらす。

「何だ……儂の話が訊きたいのか」

だが柳田が「話《ハナシ》」という語を聞き逃すはずもない。眼鏡の向こうで目を見開き、瞳孔をぎらりと光らせる。すると店内の空気が一瞬、凝縮する。柳田の正面に座った形の立花の腕には残暑厳しいというのに瞬時に鳥肌が立つ。

「い……いや、お聞きしたいのは話でも昔語りでもなくただの新聞用の論説です。ちょっとした御意見です」

立花は慌てて否定する。

「ふん……論説か……」

柳田がつまらなそうに言うと、残暑の気怠《けだる》い空気が店内に戻る。

「ふん……こんな場所で昔語りをするわけにはいかんことぐらい儂だってわかっておる……それで何だ……論説のテーマは。何でも論じてやるぞ」

気を取り直したように言う。「話」でなく論説であっても話好きの柳田はやはり興味を失ってはいない様子である。

「いや……その柳田先生に伺うほどのテーマではなく北神くんで充分だと思っていたのですが……」

立花は柳田の期待に満ちた目に却って困惑して言う。

「何だ……儂をさしおいて北神如きに何を訊こうとしたのだ」

嫉妬深く、自分の弟子が自分をさしおいて表に出ることを好まない柳田の顔はたちまち露骨に不快そうに歪む。立花は慌ててまた弁明するはめになる。

「いや本当に大したテーマではなくてその……巷《ちまた》で流行っている世間話の件でして……」

「世間話……か……」

柳田の目が興味深そうに輝く。立花は柳田の機嫌が直ったことに安堵する。とにかく「話」とつくものにこの語りの魔人は目がない。世間話とは今ふうにいえば噂話、都市伝説のことである。民俗学の世界では柳田國男の時代から世間話と呼びならわしている。

「近頃の日本人はむやみに話好きとなってしまった。そこかしこでぺちゃくちゃとおしゃべりをしておる」

柳田は自分の話好きを棚に上げてまず言った。

「そもそも話には守らねばならぬ作法というものがあって、世間話とて今のように場所をわきまえずにするものではなかった。そもそもこの国に於ける話の技術の発達史を述べるなら……」

柳田の講釈が始まった。立花は諦め顔で居ずまいを正した。

柳田の始まったら二時間はかかる御高説を聞かされる覚悟を決めたのである。

「違うわ。立花さんが聞きたいのはそんな御高説じゃない」

だが滝子があっさりと話の腰を折った。そんな無礼な芸当ができるのも柳田の天敵である滝子たる所以である。

「だったら何だ」

柳田は鼻白《はなじろ》んだ顔で滝子を見る。

「首狩り女の噂よ」

滝子は言う。

「首狩り女……だと」

柳田は訝しげな表情を浮かべる。それを滝子はまた見逃さないのである。

「あ、知らないんだ。女学生やカフェの女給の間ではもう寄ると触るとこの話で持ち切りよ……本当にステッキガールの相場といい世相に疎いんだから」

滝子は世相なる話に絡めてまた皮肉を言う。日頃、柳田が民俗学は世相を解読できねば駄目だと弟子たちを叱責していることへの当てつけを滝子はここぞとばかりしつこく繰り返しているのである。

しかし知らないのは事実であり、柳田は反論できない。

「じゃ、あたしが話してあげるわ。先生に」

滝子は勝ち誇ったように言う。

「……話せ」

憤然としつつも新奇な話を聞きたいという民俗学者の本能的な欲求に柳田は抗えないのである。

「これはあたしの友達のマネキンガールが知り合いの男から聞いた話なんだけど、すっごく恐いんだから。その男の人がね、仕事帰りに雨がしとしと降っている京橋の外れに差しかかったら小股の切れ上がったいい女が暗がりを雨に濡れて一人歩いていたんだって。男はちょっと下心もあって声をかけたんだって。「もしお嬢さん傘を貸しましょうか」って。ところが返事がない。それでも男は諦めずに女が何か手に重そうにぶら下げているので「それではその荷物を持って差し上げましょう」と言うと、今度は「あらどうも」って差し出したんだって……そうしたらその荷物ってのがね、聞いて驚かないでね」

滝子は思い切り柳田の方に身を乗り出す。

「なんだというのだ」

「じゃーん、男の生首」

滝子は立ち上がって両手を広げる。

「……下手くそめ。少しも恐ろしくないわ」

柳田は鼻で笑う。

「な……何よ」

滝子はむくれたように言う。そして二人は睨み合う。

「いやまあ、先生の昔語りの芸には及ばないってことで……」

たまらず立花が割って入る。

「慰めになってない、立花さん」

滝子は口を尖らせて抗議する。

「それでその下手くそな話をどうしろというのだ……」

「つまりその民俗学的にこういう噂の流行をどう考えたらいいか、ちょっと文化欄で扱ってみようと思いまして」

立花は恐る恐る柳田に伺いを立てる。

「ふん……そもそも滝子は自分の知り合いの知り合いから聞いた話だ、と言ったろう。その知り合いとやらも知り合いの知り合いから聞いた、と言ってなかったか」

見透かすように柳田に言われ図星である滝子は言葉に窮した。

「そ……そうよ……その人の友達の従兄弟の話だって言ってたけど……いいじゃん、あたしの知り合いの知り合いでも、その人の知り合いの知り合いでも同じことよ。ちょっと省略しただけじゃない」

滝子は意地になって反論する。

「そうだ、同じことだ。その話の元をいくら辿っていっても皆、知り合いの知り合いの話だと永遠に皆が言い続ける。それが噂話というものの本質だ」

柳田はちらりと滝子を見て勝ち誇ったように言う。

「では、やはりこれは根も葉もない噂ということですか……」

立花は新聞用の談話としてはいささかとりつく島もないコメントを仕方ないといった顔で手帳にメモする。

「当然だ」

柳田はきっぱり言い切る。

「しかしこういう噂の大本《おおもと》にはやっぱり何か事実というか種のようなものがあるんじゃありませんか？」

立花はそれでも職業上、少しだけ食い下がってみる。

「ふん……大方、江戸川乱歩《えどがわらんぽ》あたりの猟奇小説の悪影響だろう」

「あら、このところ江戸川乱歩は休筆中よ」

それは事実である。

「だったら尚更、暇に任せてあの男が小説のネタにもならない話を噂話に仕立て上げ流しているんだろう」

昭和の初め、猟奇事件が起きる度に巷では乱歩犯人説が流れたのは乱歩自身も回想している。しかし、さすがにそんなデマを新聞記事にするわけにもいかず立花は諦め顔でペンを泳がす。

だが滝子はまだ納得しない。

「でも生首よ、生首……しかも別の話もあってMデパートのあたりを根城にするステッキガールが玄関のライオン像の所に生首が置いてあったのを見たっていう噂もあるのよ。しかも生首の前には目玉のカードが立てかけてあって……」

滝子は流水の如く舌を振るうのをやめない。だが柳田がじっと自分を睨んでいることに気がつくとさすがにたじろぐ。

「……な……何よ。どうせあたしは話が下手くそよ」

いじけたように言う。

「……駄目だ……」

鋭い声で一言だけ呟く。

「わ……悪かったわね、駄目で」

「そうではない。この話を記事にすることは儂が許さぬ」

今度は一気に烈《はげ》しく言った。天敵にそうまで言われては引き下がれない。

「そんなにあたしの話が下手くそなわけ？　記事にもできないくらい下手なわけっ」

滝子は喚き散らす。

「そうじゃない、滝子」

逆上しかけた滝子を北神が制する。

「この話は根も葉も種もあるのですね」

北神は柳田を見る。

「……知らぬ」

柳田は目を逸らし問いには答えずに立ち上がる。そして立花の方をねっとりと睨んで言った。

「立花よ、悪いことは言わぬ、この噂を記事にするな。すればお前が朝日におれぬようになる」

「どういうことよ」

恫喝《どうかつ》する柳田に怒りの収まらぬ滝子がまた喰ってかかる。

「滝子、お前は黙ってろ……それに北神、お前もこんなところで油を売ってないで神戸の叔母さんの行方を探せ。お前がぐずぐずしていたからこんなことになったのだっ！」

柳田はヒステリックに声を震わせると女給たちを蹴散らすように階段を下りていった。

「お待ち下さい先生……お帰りになるのなら社の車を御用意します」

立花が慌てて追い縋るように階段を駆け下りていく。

「大変ね、立花さんも柳田のお守り」

滝子が呆れた顔で腰を下ろす。

「先生をわざわざ連れてきたのはお前だろ」

「そうだっけ？」

とぼけた顔で滝子は言った。そんなことより北神と二人っきりになれたのがちょっと滝子は嬉しかったのである。

しばらく待ったが柳田を追いかけていった立花は帰ってこなかったので二人は外に出た。

そして交差点で立ち止まり滝子はビルの電気広告にランプの点滅で浮かび上がるニュースの文字を追った。

「リクグンカラツチュウウイシキョ……」

滝子はカタカナのニュースを読み上げる。

「このところ、よく軍人さん死ぬわね。もっとも戦争が始まれば軍人なんて山ほど死ぬからニュースにもならないんだろうけど、今のうちに死んどけばまだ銀座でこうやって名前が流れるってとこかしら」

滝子は不謹慎なことを言う。昭和の初頭と言えばまだ戦争は始まっていなかったが自殺に情死ブームに猟奇殺人と巷には死の匂いが立ち込めていて、しかも誰もがそのことに感覚を麻痺《まひ》させていた。その点は滝子も例外ではなかったようである。

「ねえちょっと、あんた」

交差点で待つ滝子に背後から女が声をかける。振り向くと後ろと左右をイイトン・クロップに刈り込んだ女が挑みかかるように立っている。前髪にはクェスチョンマアクのようにくりくりとパアマの鏝《こて》がかけられている。

「えーと、どちら様でしたっけ」

滝子は首を傾げる。

「とぼけないでよ。さっき、他人の商売の邪魔しやがったのあんたでしょう」

女は啖呵《たんか》を切る。

「ああ、ステッキガール」

滝子は軽蔑したように言う。芸事を売る滝子にとってはただ男と歩くだけで法外な値を自分で自分につける女たちが許せなかったのである。

「あんた、十円、弁償してよ」

女は掌を突き出す。

「嘘おっしゃい。十円じゃなくて六円だって柳田の狒々爺、言ってたわ」

滝子は言い返す。

「じゃ、五円でいいわ」

女も平然と言い返す。

「いいって何よ。第一、何であたしが払わなきゃいけないの」

信号が変わって人混みが動き出したので滝子は踵を返して歩き出した。

「払ってやってもいい」

北神が立ち止まったまま女を振り返った。

「だめよ、そんなことしちゃ」

「ただし話を聞かせてくれたらだ」

交差点の中央で北神はそうステッキガールの女に言った。


北神は滝子が止めるのも聞かずあっという間にステッキガールを説得してしまった。六円で女と女の仲間から話を聞く、ということになった。滝子は何だか女と北神が話すだけで気に入らなかったが、かといってアパートで話を聞くという北神を一人でやるわけにはいかなかったので仕方なくついていった。

アパートは新橋の省線の駅から少し離れた通りにあった。アパートを囲む板垣に見えたのは、近づいてよく見れば古い卒塔婆《そとば》を繫ぎあわせたものだったので滝子はぞっとして顔をしかめる。三階建てだが外から見ると三階部分の壁だけ妙に真新しい。どうやら一人でも多く店子《たなこ》を入れようと三階を後から無理やり建て増したのだろうことが窺える。よほど強欲な大家らしい。物干しには女物のズロースがずらりと干してある。

「なあに、この部屋。女子寮?」

「みたいなものよ。ダンスホールのダンサーがまとめてここに押し込められてるの」

「ダンサーって稼げるんでしょ。もっといい部屋に住めばいいのに」

「あんた、世間知らずね」

女は小馬鹿にしたように滝子に言う。

「な……なによ」

「ダンサーはダンスホールの近くにまとめて住まわせて氏名、本籍、生年月日まで包み隠さず所轄の警察に届け出なくちゃいけないって決められているのさ」

女は滝子に世間を説く。ダンスホール取締規制法という法律によってそう義務づけられているのだという。

「こんなアパートで月に二十五円も部屋代をとるのだから冗談じゃないさ。けれどダンスホールに勤めている限り店が所轄に届けた所に住まなくちゃいけないのさ」

女は少し疲れた顔で言った。

「だからって同情しないわ」

滝子は意地になって言う。

「あんたに同情されたくないわ……」

女も言う。

「とにかく一通り訊いてくるよ。誰も知らなかったらそれでお仕舞い。五円は返さないよ」

女は滝子を無視してスリッパが乱雑に脱ぎ捨てられた玄関に北神を残し階段を上がっていく。

しばらくしてステッキガールの女がボッブヘアの女を連れて降りてきた。蛇の鱗のような模様の身体に密着したスカートを穿いている。

蛇女みたい、と滝子は思った。

「居たわ」

女は言った。

「誰？　その女」

滝子は怪訝そうに訊く。

「ララ子」

蛇女は答える。

「名前なんか訊いてないわ。その女が北神に何の用なの」

「用があるのはそっちのお兄さんさ。あんた、さっきもあたしたちの話、何も聞いてなかったものね」

女はあたしたちと挑発するように言う。確かに滝子は北神が女と話すのを止めさせようといろいろとちょっかいを出したが何の話を聞く交渉をしていたのかは聞き逃してしまった。

「北神、いったいその女に何の用があるの」

「首狩り女を見た話を聞きに」

口を尖らす滝子に北神は答える。

「何よ、立花さんの新聞に談話を出そうっての」

「いいや、ちょっとしたフィールドワークさ」

北神は笑った。

「だってあれは根も葉もない噂話なんでしょ」

滝子が北神の意図を測りかねて言う。

「いいや、あたしはこの目ではっきり見たんだよ」

するとララ子という女がきっぱり言った。

北神と滝子はステッキガールの女とともにララ子の部屋に通された。壁にはグレタ・ガルボのブロマイドがピンで留めてある。隣室との境は壁ではなく磨り硝子《す》を入れた引き戸で一応、開かぬように釘で打ちつけてある。畳の上には共産党のビラが無造作に放り投げてある。

「悪いけどお化粧しながら話すね」

ララ子は北神たちに背を向けたまま鏡台の前に座り、酒で喉でも潰したのだろう、低くかすれた声で話し出した。ベルツ水を顔に塗りたくっているのが鏡に映って見える。

「十日ほど前だったかな。朝帰りしてMデパートの前に差しかかった時、髪を島田に結った昔の夜鷹みたいな格好の女と交差点ですれ違ったんだ。今時の銀座で妙な格好だと思ったんだけどさ。見ちゃったのはその後だよ。Mデパートのライオン像の台座の上で誰かが目、見開いてあたしの方見てるんだよ。最初は妙だなと思ったんだけどあんまり妙だと反対に中々、人って気がつかないもんだよね。最初は台座の向こうに隠れて首だけ覗いてるのかと思ったんだけどよく見ると首はライオンの手の前にあるんだよね。あんまり不思議なんでつい確かめようと近づいちまったおかげで見なくていいもの見ちまった」

ララ子はそこで言葉を切って顔をしかめた。

「……生首なの」

滝子は恐る恐る訊く。

「うらめしそう、ってのはあの顔のことね。白目むいてる目玉と視線が合っちまってさ。肌は男なのに真っ白で、ありゃ血が抜けちゃったからなんだろうね」

ララ子は淡々と見たままに語っていくが、滝子はその不気味な光景を想像して鳥肌が立ってきた。どうやらララ子は少しばかり話の才能があるようだ。

「見たのは首だけか？」

「それがさ……」

ララ子は北神に言われ思わず化粧しかけの顔でふり返る。

「口に妙な紙切れくわえてんだよ」

「描けるかい、それ」

「ああ、あんまり気持ち悪いんで覚えてるよ」

女は鏡台の上にちり紙を広げ、口紅ですらすらと描くと北神に差し出した。

「何よ、何が描いてあるの」

滝子が横取りしようとするが北神の長い手が先にさらっていく。

「やっぱりな」

北神が描かれたものを見て頷く。

「一人で納得しないでよ」

滝子が北神の手からちり紙を奪う。するとそこには三角形の中に目玉が描かれた奇妙なマアクが描かれていた。

「これって……」

「ヤハウェの眼だ」

神戸の叔母さんに柳田が襲われた時、握られていた護符と似たマアクである。あちらは掌、こちらは三角形の中に目玉が入っているところが違う。

「ってことは……首狩り女の正体は神戸の叔母さん？」

「かもしれない」

曖昧に北神は言う。

「でも変よ……だって首狩り女の話って世間話でしょ？　そりゃあたしだって聞いたけど知り合いの知り合いの話で本当の話じゃないって柳田が言ってたじゃない。ねえ、あんた本当に見たの？」

今度は疑う側に回った滝子が詰問する。

「あんたたちにわざわざ嘘を言う必要もないわ。本当のことを言う必要もないけれど」

ララ子はまた鏡台の方を向いて言った。

「だったら何で警察に届けなかったの？」

「冗談じゃない、警察はあたしたちの天敵みたいなもんさ。でも本当である証拠にあたし以外にも朝帰りしたダンサーやステッキガールが何人も見てる」

「どういうこと、北神」

滝子はわけがわからなくなってきて北神に訊く。

「だから言ったろ……この世間話は本当にあった話さ」

北神は意味あり気に呟く。

「ありがとう……参考になった」

北神はイイトン・クロップの女に振り向いて言った。

「いいよ、これで六円なら」

女はつい口を滑らした。

「何、六円」

ララ子が耳ざとく聞きつける。

「あんたに話をさせてその女、六円もらったのよ」

滝子はここぞとばかり意趣返しをする。

「だったら……半分あげるからいいでしょ」

女はララ子に弁解するように言う。

「そういえば、もう一つ訊いていいかな」

女はいいとも駄目とも言わない。

「柳田先生は君に何を訊こうとしてたんだい」

「柳田先生……ああ……あの爺さんか。魔子って女を知らないかって訊いてきたの」

「魔子ですって？　あっきれた、まだそんなこと言ってんだ」

滝子は大袈裟に呆れたように言って北神に同意を求める。

「それで君は何と言った」

「知ってるわ……って言ってやったわ。そうしたらいくらでも払うから教えてくれと言ったので六円払って、ってふっかけたところでその女が来たのよ」

ちらりと滝子を見る。

「悪かったわね、邪魔して」

「それで……知っているのか、魔子の居所を」

「もちろんよ」

「どこにいる……」

「あと六円」

女は乾いた声で言う。

「悪いが今は持ち合わせがない。あとでよければ工面《くめん》して届けさせる」

工面って……あたしがするんでしょ冗談じゃない、と滝子は思った。けれども北神のこういう言い草が女には誠実にうつるのだ。

「冗談よ」

女の声が一転して媚びを含んだものに変わったのを滝子は聞き逃さない。

「魔子はあたしの芸名よ……」

女の目が北神に纏わりつく。

「芸名？」

「そうよ、龍膽寺雄《りゅうたんじゆう》の『魔子』って小説、知らない？　そこからいただいたんだ。今はダンスホールで踊ってるけどあたし女優の卵なんだ。この間とうとう新しい映画会社にスカウトされたりしたんだよ」

龍膽寺雄は当時モダニズム文学の旗手と目された新鋭作家でモダンガールたちにことの外、人気があった。特に田舎娘の少女が建築家の「パパ」の愛人となってその妊娠中絶場面が生々しく描かれる『魔子』は女たちの感情移入の対象となり、女給やモデルの類に魔子なる名を名乗る者が続出した。

「女優ねえ……」

滝子が訝しげな視線を女に返す。

「その目は信じてないでしょ……でも、映画会社の人の名刺だってちゃんとあるんだから……新しく満州にできる映画会社で女優がたくさん必要だって言ってた」

女は鏡台の引き出しの中を掻きまわす。

「信じるよ」

北神が穏やかに言うと女は安堵した顔になる。北神の声色は女の心をそんなふうに落ちつかせるところがあると滝子は思う。

「本名を聞きたい?」

女はしなを作るように北神に言う。冗談じゃない、と滝子は内心慌てる。

「いや、いい」

北神がそう言うと女の目は少しだけ曇った。仮面を被って生きていかなくてはならない都会で女が一瞬素顔を晒したいと思ったのに北神は全く気づいていない。女が北神に媚びを売るのは許せなかったが、それでも少しだけ滝子は女に同情した。

「……何で北神は何でもかんでもそんなふうにすぐにお見通しなの?」

アパートを出ると滝子はいきなり拗ねた気持ちになって、北神に当たる。柳田の尋常でない反応、首狩り女の噂が種のある話であることは滝子にも察しがついた。そしてあっさりと話の「種」に行き着いたことにしても、もし本当にMデパートの前に生首が置かれていたのなら銀座の通りを徘徊するステッキガールに当たるのが一番手っとり早いと考えたこともわかるのだ。そのフィールドワークの手際の良さが柳田が北神を手放さない理由の一つではあるのだろうが、訳もなく滝子はぐずり出して止まらない子供のような気持ちになったのだ。

きっかけはアパートで見せた北神の女あしらいで、女の気持ちだってすぐに見通せる北神が滝子の心の内に気づいていないはずはない。なのに気づかぬふりをしていつもさらりとかわして見せるのが悔しかったのである。

そう思うとふいにぼろぼろと涙が出てきた。それなのに北神はまた知らぬ顔をして無言で隣を歩いている。涙で白粉が流れきっとみっともない顔になっているに違いなかった。あたしにも優しくしてよ、と滝子は心の中で叫んだがやっぱりその声は北神には届くはずもなく、早足で歩き始めた滝子の後を少し困った顔をしてついてきた。その時である。

長身の女がよろけるように滝子にぶつかった。今時銀座には珍しく洋装ではない。白粉の強い臭いがつんと滝子の鼻についた。そして次の瞬間、滝子の手にしていたオペラバッグに女の手が触れた。

「す……掏摸《すり》！」

滝子は大声を上げる。女は身を翻して走り去ろうとする。反射的に女の着物の袖を摑むが、女は滝子の先を歩いていた男の前に回り込む。その結果、滝子は女の袖を引っぱったまま男の背中に衝突する。その衝撃で滝子は摑んでいた袖を離して尻餅をついてしまった。

「気をつけなさいったら」

自分からぶつかった男の背に滝子は怒鳴る。ごめんなさい、と言わないのが滝子が滝子たる所以である。

「こりゃすまない……もっとも背中に目がついちゃいないからあたしとしちゃどうしようもないが」

そう言って振り向き胡麻《ごま》塩頭をぼりぼりと搔いたのは先日会ったばかりの変態画家・伊藤晴

雨であった。

「伊藤さん……偶然にしちゃでき過ぎてるな」

滝子の頭の上で北神の声がした。

「さっさと手を貸して頂戴」

滝子はむくれて北神に言う。

「あたしも頼むよ。腰を捻った」

晴雨が情けなさそうに言う。

北神は苦笑いし、長い腕を二人に差し出した。そして二人同時にぐいと引き起こす。

「あら？」

「変態画家である伊藤晴雨さんが掏摸の手引きをしているとは思わなかったわ」

滝子は留め金がはずされ口が開いたオペラバッグの中身を確かめながら言う。

掏られたはずの紙入れはそのままで、替わりに一枚のカードが入っている。

掌の中に目玉が描かれているカードである。

「まあ……もしかして今の、首狩り女？」

「いいや、招待状だよ、お嬢さん」

晴雨に言われて滝子はカードを表に返す。

「美人画展？」

滝子はカードに書かれた文字を怪訝そうに読み上げた。

「もっと素直に渡せばいいものを……あの男にも妙な美意識があるらしくってね」

晴雨がゆったり笑う。

「男？　今の？　男なの」

滝子は北神を振り向く。軽く目を伏せた。北神が何事かを肯定する時の癖である。

そして滝子は北神が自分にまた隠し事をしていたことを知り悲しくなる。涙でたちまち瞳が曇る。だがその心情を察したように女あしらいの達人、伊藤晴雨の柔らかな声が包む。

「そう。ありゃ、男が女に化けている。正体はすぐにわかるさ。あの男、しかし何か悪さをしようって近づいたわけじゃない。それは気配からわかる。だからお嬢ちゃんにあの男が近づいたのを見ても手を出さなかった……もっともちょっとでもおかしなことをしようものならたちまち仕込み杖であたしもろとも首を刎ねかねないほどの殺気があたしには伝わってきたがね」

晴雨は大袈裟に太股のあたりを撫でてみせる。

「まるで伊藤さんたら背中に目があるみたいね」

滝子は笑う。滝子に笑顔が戻り、北神の顔をそっと見る。そしていつもそうやってあたしが危ない目に遭わないように見張っていてくれるのが本当の北神の気持ちなら今日のところは許してやってもいい、と滝子は思った。晴雨は北神に「これは貸しだよ」と小声で言うのが聞こえた。北神は晴雨に馴れ馴れしくそう言われ、きっとまた困った顔をしているのだろうと思うとそれもちょっと楽しかった。

晴雨は京橋近くの裏通りに二人を案内した。さっきのアパートとは正反対の方向なので、銀座の端から端までを滝子はステッキガールになったように思い切り北神に腕を絡めて歩いた。

晴雨が二人を連れてきたのは赤と青のくるくると回る広告塔のある木造の二階建ての前である。

「ここって……散髪屋さん？」

滝子は近頃、街中の散髪屋の前で盛んに見かけるようになった電気仕掛けの回転塔を覗き込む。

「ねえ、どうして散髪屋の看板が赤と青の縞《しま》模様なの、北神」

滝子はくるくる回る二本の筋を目が回りそうになるほど見つめて甘えるように訊く。

「さあ……どうしてだろう？」

「知らないの？　民俗学者でしょ？」

滝子は北神の困った顔を楽しむ。

「じゃあ、あたしが替わりに教えてあげよう。青は静脈、赤は動脈、人間の血管なんだよ」

晴雨が二人の会話に自然に割り込んでくる。

「本当さ。西欧じゃ床屋も医者も元は同じ仕事だ。髪を切るか肉を切るかってだけの違いだ」

「結構な違いだと思うけど」

そう言われると何だか滝子は少し恐くなってきた。床屋のあの剃刀《かみそり》が首筋に当てられた時のことを思い出したのだ。首狩り女の話を聞いていた時は何ともなかったのに、人は生き死にのことでも自分が経験していなければ想像力が働かないのが滝子には不思議だった。

「それにしても何故、散髪屋さんで美人画展なの」

「ちょっとした趣向かな」

晴雨はウィンクすると散髪屋の扉を押す。しかし表の広告塔はくるくると回っているのに中は無人で、晴雨は勝手に奥の階段をのぼっていく。立て付けの良くない階段は女が泣く声に似た音を立てる。

「なかなか、艶っぽい声で泣く階段だろう」

晴雨が意味ありげに呟く。表から見ると二階建てだったが階段は五度、折り返した。つまり三階以上ある。そして子供でなくては立っては入れない程の小さな扉が見えた。

「あら、小人の部屋みたい」

「ああ、屋根裏部屋さ」

「まあ、素敵、西欧の童話みたいね。私に最初に入らせて」

滝子はそう言って狭い階段で先を行っていた晴雨を追い越し、四つん這いになって扉をくぐった。晴雨は目の前に突き出された形となった滝子の尻を遠慮なく観察する。

だが扉の向こうで滝子を待ち受けていたのは童話の如き世界ではなかった。

滝子は思わず息を呑んだ。そして次に恥じらいで耳朶まで赤く染めた。

壁には女たちの絵がずらりと並んでいる。

どれもが夢二式の美人画である。しかし女は裾をはだけ脚を大きく開いて性器を露わにし、ある女は男の陰茎の上に自ら跨《またが》る格好をしている。とにかく、滝子は目のやり場に困った。

奥に一点だけとってつけたように着衣の絵がある。夢二の代表作の「黒船屋」の絵だが、それはこの絵が全て夢二作だと証明でもするためだろうか、と滝子は思った。

「お嬢ちゃんには目の毒だったな」

後から窮屈そうに扉をくぐって入ってきた晴雨がからかうように言う。長身の北神が次にするりと扉をくぐって姿を現わした。

「北神……」

滝子は縋るように北神を見る。北神が表情を変えていないのに何故だか安堵する。

「こんなところに招待してあたしや北神が喜ぶとでも思うの？」

どちらを向いても春画が目に入るので滝子は足許を見て言う。

「おや、柳田先生は喜んで下さったよ」

晴雨は言う。

「確かに芳名帳に名が書いてある」

「何ですって、あの狒々爺。銀座をのこのこ歩いていたのはそういうわけだったのね」

滝子は芳名帳を奪いとる。

「あれ……柳田の名がないわよ」

「尾芝古樟《おしばこしょう》って名がそうだ……先生の昔の筆名だ」

北神は言う。柳田國男はいくつもの筆名を使い分け論文を書いていた。

「どこで聞きつけたのやら招待してもいないのに顔を出してね。そうとうあの先生は好き者らしい」

晴雨が淫靡な声で言う。

「……これは……」

北神は屋根裏部屋の中をゆっくりと歩くと一枚の春画の前で立ち止まった。

「ちょっと……こんな絵、しげしげと見ないでよ」

滝子は慌てて後ろに回って背伸びして北神の両目を隠そうとする。

「これは……お葉……か……」

「そうだ……ここにある絵は殆どそうだ。彦野《ひこの》さんやその他の夢二画のモデルたちはこういうあぶな絵のモデルを嫌がったが、お葉だけは別でねえ……もっともあたしの変態画のモデルを先にしていたから神経が麻痺しちまっただけかもしれないが……あんたをここに連れてきたのはこれを見せたかったたってのが一つある。どうだい、この長く伸びた手足……これが山人の女の身体だよ……あんたの一族の女だよ」

晴雨は女に替わって北神を誘惑するかのように言った。

「やめてよ。北神は山人なんかじゃない」

「わかっている、あいのこだろう……でも、お葉が生きていたら喜んだろうね……あたしゃ夢二に抱かれながらいつだってあの女、山人の血を引く男のところに嫁に行きたいって言っていたもの……」

「やめてっ……もう」

滝子はお葉の艶かしい手足が北神の身体に絡みつく様を想像して思わず泣きたくなる。

「およしよ、晴雨さん。あんたは何かというとすぐ女をいじめようとするのが悪趣味だ」

突然、暗がりの中で額縁の中の女が言った。黒船屋の猫を抱いた女である。

「え……絵が喋った」

絵の中の「女」が立ち上がった。膝の上の黒い猫がすとんと床に降りた。そして、額縁を跨いでこちらに来た。

滝子は口を開けたまま呆気にとられる。

「あんたの方も悪趣味だな……そうやって絵のふりをして俺たちの反応を楽しんでいたのかい？」

北神は「女」に言う。

額縁、と見えたのは隣の部屋との境の壁に穿たれた窓で、その窓枠を額縁のように細工《さいく》してあったのだ。

「……竹久夢二です」

「女」は名乗った。

「あー、さっきの掏摸……そんなところに隠れてたんだ」

滝子は「女」を指さして言った。

「すいません、隠れているつもりはなかったのですが、ぼくは今、神経衰弱でどうにも人間不信でこうやって額の絵になってしか人とは話せないのです」

夢二は蒼《あお》ざめて神経質そうに頬を歪ませた。

「だったら額の中に戻れば」

滝子は夢二に皮肉のつもりで言った。途端に夢二の顔が明るくなった。

「ああ、そう言って下さるのなら有り難い……」

そう言うと夢二はまた額縁を跨いで元の場所に座った。黒猫がまた膝に乗った。

それで滝子は本当にこの男が神経を病んでいるのを悟った。夢二に女装癖があったことは残された幾葉かの写真からも明らかだが、彼が女装するとその姿は夢二画そのものであった、とも伝えられている。

夢二の描く少女たちは夢二の内に潜む少女の肖像であったのだろう。だからこそ、その内なる少女が実体化したかの如くであったお葉に夢二は魅せられたのだともいえる。

「それじゃ、まず、あたしから告白するとしようかい。長い話になるからあんたたちも腰掛けるといい」

晴雨は二人に椅子を勧めると、自分もアンティークの椅子の背もたれを前にして跨った。

「兵頭北神……あんたがとうに気づいているように、柳田邸に夜な夜な忍び込み枕元に間引きの絵馬に似せたお葉の絵を置いていったのはあたしたちさ……絵を描いたのはあたし、そして女に化けて柳田さんのところに行ったのは夢二さんさ。あたしじゃ女装してもとてもじゃないがお葉さんの幽霊には見えないからね。だが夢二さんが女装すると昔からお葉とは姉妹のようにそっくりだった……枕元に誰かいる気配に気づいてもそれがお葉さんそっくりだったら柳田はさぞかし肝を冷やすと思ってねぇ」

晴雨は愉快そうにいかつい身体を椅子の上で揺らした。

「だったらあんたたちの動機はお葉さんの復讐かい？」

「ああ、その通りだ。あたしにとっても夢二さんにとってもお葉は本当に一番のモデルだった。だがどこで嗅ぎつけてきたのか柳田の奴、お葉にちょっかい出した挙げ句、お葉が自分の意のままにならないと知るや台湾にはまだ山人の男がいるとそそのかし嫁にやっちまった」

晴雨は遠い目をして話し続ける。

「……お葉はずっと山に帰りたがっていた……だが山人の棲む隠れ里は次々と消されている。柳田國男が山人論で山人の存在を明らかにして以降、内務省と陸軍が競争するように山人狩りを始めたからね。しかも可哀想に柳田にそそのかされた地方の郷土研究家たちは山人抹殺の手《て》懸《が》かりに使われるとも知らずに隠れ里や山人山姥の伝説をせっせと採取しては柳田の許に送り届けているんだからね。とにかく日本にはもう山人の棲める山はない。だから柳田の言葉につい縋ったんだろうなあ……でもな……ふざけた話じゃないかい。元々、柳田國男ってのは新渡《に と》戸稲造《べいなぞう》の覚えめでたい官僚だ。しかもあいつの義理の叔父さんは台湾総督だ。柳田はその叔父さんから台湾総督府の人事の相談だって受けている。つまり一族あげて台湾の山人弾圧に関わっていやがる。だから台湾山人がどういう運命にあるかなんて百も承知だったのに、お葉を自分の台湾人脈を使って無理やり嫁入りさせた」

晴雨は深刻な話をへらへらと薄ら笑いを浮かべて語る。しかしそれが却ってこの男の心底からの怒りの表現なのだと滝子にもわかった。

柳田國男が日本の植民地としての台湾にかつて絶大なる政治的影響力を持っていたのは事実である。柳田は大正六年の貴族院書記官長時代に義理の叔父である台湾総督で陸軍大将の安東貞美を訪ね、台湾旅行をしている。柳田を直接招待したのは総督府民政長官の下村宏《しもむらひろし》なる人物だ。これは柳田の旧友で彼の人事に柳田が関与したことは当時から盛んに噂されていた。それが元々不仲であった貴族院議長・徳川家達《とくがわいえさと》の不興を買い、貴族院書記官長を辞任するきっかけとなったのは多くの評伝が指摘するところである。

「それで……お二人はお葉さんの復讐をしようと思い立ったわけね。柳田への嫌がらせならあたしだって手を貸したいぐらいだわ」

滝子が言うと、晴雨は相好《そうごう》を崩し「そりゃ有り難い」と笑った。だが、すぐ真顔になった。

「それだけか？」

北神は刺すように言う。

「それだけさ、あたしたちのしたことは。柳田さんの寝つきが少々悪くなったって構わないだろう」

「ならば……何故、わざわざ名乗り出てきた」

「それはあんたがあたしの家を訪ねてきた時にもう全てがお見通しなのをわかったからさ……だったら謎解きぐらいあたしらしい趣向で洒落ておこうと思ってね……」

「信じられないな」

北神は納得しない。

「人を信じられなきゃおしまいだよ……」

晴雨は茶化すように言う。

「もっともあたしもまだあんたを信じていいかどうかわからない。何たってあんたは柳田國男の弟子だ」

「ば……馬鹿言わないでよ。柳田が一方的につきまとっているだけよ」

滝子は思わず擁護する。

「そうかな……あたしには必ずしもそうは思えない……なんだか柳田とあんたはどっちつかずのところがそっくりだ……」

「だから試したわけか……今回の一件で俺がどう動くか……」

「ああ……悪いがそうさせてもらった。確かにあんたは柳田邸に侵入した夢二さんにも、それから事件の真犯人と対面しても何も事を起こさなかった」

「な……何？　真犯人って……」

「首狩り女だよ……」

「やっぱり本当にいるの？」

「信じてもらえるかどうかはわからないが、あたしたちがやったのは柳田をお葉の絵で驚かしただけ……あとから柳田を襲ったのは別人さ」

「つまり首狩り女が本当に現れちゃったんだ……」

滝子は言う。

「そうだ……しかも夢二さんの描いたお葉の格好そっくりの女が、まるで夢二さんがやったと世間が思うようなマアクを残していきやがった」

「夢二さんのマアク……って」

「ヤハウェの眼さ」

額の中の夢二画が答える。

「掌に眠ってのが夢二のアトリエのマアクだってことはファンなら誰でも知っている」

目の玉を一つあしらったシンボルは夢二が晩年に特に好んだもので、アメリカ滞在中の個展の招待状やアトリエの看板に始まり、車にまで眼のマアクを描き込んでいた。

「でも首狩り女が残したのは三角に目玉よ」

滝子がララ子の絵を思い出して言う。

「同じだよ。眼のマアクっていやあ世間から見りゃ夢二さんだ」

「だったら表にもその看板出しておけばいいのに」

「そういうわけにもいかない。なにしろこれはあぶな絵の展覧会だ。会員にだけこっそり公開する」

「つまり、首狩り女は夢二の犯行に見せかけて本当に人を殺しているというんだな」

「そうだ……あたしはそれで困っている。夢二さんやあたしの周りをどうしたわけか陸軍さんがうろうろし始めている」

「……殺人事件なら警察でしょ」

「被害者は陸軍関係者なんだな」

北神は晴雨の言った裏の意味をすぐに理解した。

「新聞には殺されたとは出ていないが、軍人さんの死亡記事がいつもより少しばかり多過ぎるだろ」

晴雨に言われ、滝子はさっき交差点で見た電気広告のニュースを思い出した。

「柳田が記事にするなって言ってたことと符合するわ」

思わずそう呟く。

「おや……そんなこと言ってたかい、柳田さん」

興味深そうに晴雨が言った。

「それであんたたちはあたしの北神に何をさせたいの」

滝子はいつの間にか会話のイニシアチブをとっている。

「首狩り女を止めてくれ……これ以上、夢二さんが汚名を被るのは勘弁してほしい」

晴雨は椅子ごと北神の前に来て言った。

北神は答えない。

そして晴雨と互いに眼光をぶつけ合う。

「……あんたたち……首狩り女の正体を知っているな？」

北神が静かに言った。

「……参ったな」

晴雨は胡麻塩頭の額をぴしゃりと叩いた。

「夢二さんよ……兵頭北神は何でもお見通しだよ」

嬉しそうに額縁の中の夢二に振り返った。

「なんでわかったね」

そう訊く晴雨は心底嬉しそうである。

「あんたたち二人が今更、汚名を被ることを嫌うとは思えない。あんたたちはむしろお葉のために全てを捨ててもいいいと思っている」

「……まあ、夢二さんはともかく、あたしに惜しむような名はない」

「それはぼくも同じだ。夢二画などともてはやされたのは大正の御世まで。今じゃ、こうやってあぶな絵を好事家《こうずか》に売ってかろうじて食いつないでいる身だ……それに生きていたってこの先、ろくなことはない」

夢二は大きな瞳を曇らせる。

「そう……あんたたちは少しも名を惜しんでいない。それなのに首狩り女の首狩りを止めさせようとしている……しかも女に殺されているのは誰かは知らないが軍の関係者だ。あんたたちが奴らの心配をしてやる必要もないとすれば理由は一つ。あんたたちは首狩り女にこれ以上、罪を重ねさせたくないからということになる」

「……その通りだよ」

晴雨が感心したように拍手した。

「なあ、夢二さん。ここまでお見通しならいっそ首狩り女の正体を教えてやってもいいよな」

「……誰なのよ、首狩り女の正体って……」

滝子は思わず身を乗り出した。

「魔子だよ」

晴雨はそう言うと、一枚のあぶな絵を指さした。

「魔子って……柳田の言ってた……」

滝子が北神より先に絵の前に立つ。夢二式の美人画の中で十三、四歳の少女が男を挑発するように脚を広げている。小さな桃色の性器が文字通り花弁の如く綻んでいる。手も足も人としてのバランスを崩すぎりぎりの長さですらりと伸びていて、それが危うい美しさとなっている。

「この女、山人ねっ！」

滝子は叫ぶ。そして両手で隠すように絵の前に覆い被さる。

「そうだよ。お嬢ちゃん、その子はあたしと夢二さんがやっと見つけた二人目の〝お葉〟だ……つまり二人目の山人の女のモデルさ……」

「……そして今回の事件のあんたたちの共犯者ってわけか」

北神は滝子の肩に手をかけて脇にやり、絵の前に立った。

「何でもお見通しじゃないか……さすが兵頭北神……裏の民俗学者だけあるね」

好々爺《の》だった晴雨の目に鋭い眼光が走る。北神が杖を握った親指を軽く動かすや晴雨は慌てて飛び退き、床に尻餅をつく。

「勘弁しとくれよ、北神さん……あたしらはあんたの敵じゃない……だからあんたの前に名乗り出たんじゃないか」

「だったら説明してもらおう……魔子とは何者なんだ」

「さすがの北神さんもそれだけはわからなかったかい？　全部教えちゃってもいいよね、夢二さん」

晴雨は額縁に言った。

「魔子は大杉栄さんの養女だよ」

額縁の中で夢二が答えた。

「大杉栄……アナキストの？　確か関東大震災で憲兵に殺された……」

滝子が記憶を手繰って言う。

「そう……魔子はその頃は大杉の世話になっていたらしい」

「柳田先生が魔子を引き取ったのはその後ね」

滝子が何気なく柳田の名を出した瞬間、屋根裏部屋の中の空気がずん、と重くなった。

「……おっそろしい殺気だねぇ」

呻くように晴雨は言い、北神を見つめた。その殺気の意味に滝子はすぐに気づいた。

「……まさか……大杉栄殺しを命じたのは……」

北神の替わりに滝子が呟く。

「それはあたしたちには何とも言えない。だが魔子は必ず柳田國男を殺しにいくよ。あの子はあたしらがお葉のためにしたのと同じように大杉さんの復讐を始めたんじゃないのかな。あたしたちがお葉の一件で柳田にお灸《きゅう》を据える計画を魔子は興味なさそうに聞いていたが、その後ぷいと姿を消しちまった。そして夢二さんの格好を真似た首狩り女が出現した……新聞の死亡記事を見る限り、殺されているのは大杉殺しに関わったと噂された連中ばかりだ。だとすれば最後に狙われるのが誰かはわかるだろう？　どうするね、兵頭北神……あんた、魔子を止めないわけにはいかないだろう？」

晴雨は北神を挑発するように言った。

翌日、菊富士ホテルの北神の部屋を立花が朝早く訪ねてきた。しかし出迎えたのは滝子だけで化粧の最中であった。

「北神は？」

「柳田先生のところ……」

婦人が化粧中であっても全く気を遣わせないところが、日頃からカフェの女給あたりを情報源とする立花の立花たる所以である。北神と滝子がともにしたベッドのシーツを整えついでにベッドメーキングし、腰を下ろす。

「あら？　ありがと」

「どういたしまして。それにしても珍しいじゃないか」

「何が」

滝子はコティのフェイス・パウダアを顔に叩きながら言う。

「いや……いつも金魚の糞みたいに北神について回る滝子ちゃんが、さ……」

「何よ、ひどい」

「……何かあるな」

立花は近づいてきて滝子の首筋をくんくんと嗅ぐ。

「あん……もう、何するの」

滝子は身体をよじる。

「ふむ。パウダアもルージュもクリームも全てレエマンで統一かい？」

「あら、わかる？　そう、お化粧品はメーカー特有の香りがあるから色だけじゃなくて匂いの統一もちゃんとしないとね」

滝子は婦人雑誌で仕入れたばかりのお洒落のポイントをさっそく披露する。

「でも、北神は全く気がつかない」

「そうなの」

滝子は思わず我が意を得たりと立花を振り向いてしまう。

「でも、こんなことに気づく立花さんの方が女たらしかも……」

「……それで、北神は何をたくらんでるんだい？」

北神とはまた違う無邪気な顔で立花は訊く。

「もう……仕方ないな」

仕方ない、と言いながらそもそも滝子が北神のたくらみを胸の中に秘めていることができるはずもなく、これから起きるであろうことを立花にこっそり耳打ちする。

「そりゃ、大変な計画だ……しかし……大丈夫なのか？　そんなことをして」

立花は困惑している。

「何なら立花さんにスクープさせてあげてもいいわよ」

滝子が言うと立花は真剣に首を振った。

「いや結構……俺は危ない話に首を突っ込みたくはない……」

「臆病なのね」

「そうさ、宮仕えは臆病じゃなきゃやってられないよ」

「それでその臆病な宮仕えさんが北神に何の用？」

「いや、北神にじゃなくて滝子ちゃんに実は用があった。北神がいない方が却って都合がいい」

「まあ、あたしを誘惑するの？」

滝子はおどけてしなを作ってみせる。

「いや、それも結構」

さっきと同じように立花は首を振る。

「それじゃあたしも危ない話みたいじゃない」

「いや、ある意味、その通り」

「どういうこと？　答えによっちゃただじゃおかないから」

滝子は立花を問い詰める。

「つまり滝子ちゃんは危険すぎるほど美しい、ってことさ」

立花はたちまちそう言ってにっこり笑う。他の者が言えば歯の浮いたお世辞だが、立花の口から漏れると滝子ほどの女でもついその気にさせられてしまう。

「いやね、もう」

そう答える声が無意識のうちに艶っぽくなっている。

「それでさ、その美しさをもっと広く人に見てもらおうとは思わないか……」

立花が続ける。

「あ……何かたくらんでるね、立花さん」

滝子もしかし芸妓として男あしらいの達人である。男の嘘や下心はすぐにわかる。

「たくらんでなんかいない……ただ、滝子ちゃん女優になってみないかな、と思って……」

「女優？」

滝子の中の女がつい反応してしまう。馴染みの客に映画監督たちがいて「君なら女優になれる」と口説かれたことは幾度もあったが、それは口説き文句でしかないことを滝子も知っていた。高級芸妓だから口説いてみたいのであって、実際、そうやって口説かれて身体を許したところで通行人の役が一度振られてきておしまい、という話はいくらでも耳にした。

「ますます、怪しいな」

だから女優という言葉に本能的にときめきつつもやはり同時に胡散臭さを感じてしまう。

「……怪しくはない……俺は滝子ちゃんと北神のことを思って言ってるんだ」

立花は弁明するように言う。

「……どういうこと？　何で女優になることが北神とあたしのためなの？」

滝子が女優になる、と言い出しても北神は少しだけ困った顔をするだろうが反対はしないだろう。しかし喜びもしないだろう。

それは古いつきあいの立花だって知っているはずなのにおかしなことを言うと滝子は思った。

「俺は本当は今でも北神と滝子ちゃんが柳田先生のところに戻るのが一番だと思っている。先生はああ見えても寂しがり屋で、岡さんたち中央の研究者たちは折口信夫《おりくちしのぶ》を担ぎ上げて先生を何かと除《の》け者にしようとしているし、だから先生は近頃じゃ転向した左翼ばっかり周りに集めている。成城の家に日中詰めているのはそんな連中ばかりだって話だ」

立花は嘆くように言う。

「そりゃ、日頃の行いが悪いからよ。地方の研究者に資料集めをさせて論文にまとめるのは自分、しかも何かと自分中心でなければ気が済まなくてすぐに癇癪を起こす……子供のわがままと同じよ」

滝子は柳田の孤立した理由を冷静に分析する。

「そこだよ」

立花は大袈裟に手を叩く。

「何が」

「滝子ちゃんはそうやってちゃんと先生の心をわかって差し上げられる。そしてぼくが思うに先生は滝子ちゃんのことを気に入っている」

「やめてよ、冗談じゃない」

滝子が先程の立花のように身震いする。

「そんなに嫌うなよ。第一、破門と言いながら君と北神だけは成城の家にも何のかんのいって出入りさせているし、先生は先生で満州から北神を何かといえば呼びつけているんだろう」

「……あたしにもよくお座敷がかかるけど」

確かにつまらぬ理由をつけて月に一度は柳田は滝子の許に顔を出していた。

「それみろ。破門になった他の連中で偶然会って仕方なく挨拶したら、おやどちら様ですか、って言われたって話もあるぐらいだ」

「でも死んだってあの狒々爺のところに戻りたくはないわ」

滝子はつんとそっぽを向く。

「ああ、だから俺もそれは諦めた。第一、さっきの話といい先生の周りにはきな臭い話が多過ぎる。こういう御時世だ、その手の話はもっと増えていくと思う。民俗学はどうも政治とは切り離せない学問になりつつある。しかも先生は北神をそれに巻き込むので俺は見ちゃいられない。俺はこれでも北神の親友のつもりだからね」

気障《きざ》な台詞だが立花の口から漏れるとこれも嫌味ではない。何より滝子はそれが立花の本当の気持ちだということは痛いほどわかる。

「立花さんの友情は信じるけど、それがあたしが女優になることと何の関係があるの？」

それでもまだ立花の真意を測りかねる滝子は訝しげな顔をする。

「あのさ……俺が思うに、北神が柳田先生にあれこれと言われて内地に戻ってくるのはやっぱり滝子ちゃんが心配だからだと思うんだ……」

滝子はそう言われ、少し悲しい気持ちになって微笑む。北神がふらふらと日本に舞い戻るのは自分のせいではない。柳田が握っている山人の謎を知りたくて仕方がないからだ。柳田もそれを知っていて謎をだしにしては北神を巧みに操っている。だが、山人が実在することを立花は知らない。山人とはただ柳田が捨てた初期の仮説ぐらいにしか思っていない。さっき耳打ちした一件も肝心の部分はそっくり省いている。首狩り女はどうも柳田がらみの白色テロらしい、としか伝えていない。

「だったらいっそ、滝子ちゃんが満州に渡っちまえばいい。それでここだけの話なんだけど、近く満州に新しい映画会社ができる……そして先日、うちにその理事長になる予定の人物が来て新人女優の選考について協力を求められた。俺、それに滝子ちゃん、どうかなって思ったんだ……いや、本当のことを言えばもう俺の一存で滝子ちゃんの写真とプロフィールを見せちまって……そしたら先方さん、えらく気に入ってさ。勝手なことしてすまなかったけど、滝子ちゃんなら絶対、有名な女優になれる」

そういうことかと滝子は思う。しかし立花の空回りする善意にどう答えていいのかわからない。

なるほど言われてみれば、今まで日本に北神を連れ戻すことに意固地になっていたが、立花の言う通り自分が満州に行ってしまえば北神の側にいられる。親の残した財産を処分すれば向こうでちょっとした御屋敷も手に入るだろう。そして兄妹という関係で愛し合うことに気兼ねすることもなくなる。それも悪くない……とは思う。

しかし。やはり滝子の瞳は曇る。

それでも柳田がやってくれれば北神は嬉々として内地に旅立つだろう。その間、自分は結局やきもきしながら北神を待つことになるだろう。どこに居たところで同じことではないか。滝子は諦念の表情を浮かべる。

「急な話で戸惑っているのはわかるけど、理事長になる予定の人物に面談だけでもしてみないかい？」

立花は滝子が無言で考え込んだのをただ躊躇しているだけととって滝子に言った。

「そうねえ」

立花の善意を無下に断れない滝子は曖昧な返事をする。

「わかった……な……会うだけ会ってくれ。北神に内緒で面談の日を決めるから」

立花の顔に喜びの表情が浮かぶ。

「何でそんなに北神に内緒内緒って言うの？　あの人、あたしが何したって反対なんかしないわよ」

「いや、ちょっとその理事長ってのは訳ありの人物でさ……」

言いにくそうに頭を搔くと、立花は一葉の名刺を差し出した。

「なにこれ」

「その理事長予定者の名刺」

「……うそぉ」

滝子は思わず声を上げる。そこにはこうはっきりと記されていた。

満州映画国策研究会。

甘粕正彦。

大杉殺しの張本人とされる元憲兵大尉である。普通ならばとんでもない、と思う人物である。

だが、その名にふと滝子の心は揺らいだ。

会ってもいい。

そう思ったのである。


ここで物語は一旦、北神の側に移る。滝子が見てもいないことを語れるのは前に記したように滝子が語り手だからに他ならない。

その日、北神は朝早く柳田邸からの使いの者に起こされた。

「飛んで火にいる夏の虫よりもせっかちな人ね、柳田ってば」

ベッドのシーツにくるまって滝子は言った。

この菊富士ホテルに柳田を泊まらせてもう一度、首狩り女を呼びよせようというのが晴雨らと話し合った段取りであった。

「伊藤さんと竹久さんに連絡を入れておいてくれ。それから柳田先生が到着したらお前はこの部屋を出るんじゃない」

「何でよ」

「危険だからだ。できれば同潤会アパートに戻っていてくれ」

「いやよ」

北神はため息をつく替わりに少し困った顔をする。こういう時、強くだめだと言ってくれないのが滝子には不満であった。

菊富士ホテルの前には黒塗りのドイツ車が停められていた。車のナンバーから察するに陸軍の持ち物である。

だが運転席に座っているのは柳田邸で何度か見かけたことのある男であった。

バックミラー越しに敵意の籠った目で北神をちらりと見る。北神はその男の素性は知らないが、男は北神が柳田から「破門」された後、柳田邸に頻繁に出入りするようになった転向左翼の一人であった。柳田が自らの政治的転換を贖うためにこれらの元左翼たちを身近に置いたという説があるが、そうではなくて、一度、人を裏切った者に再び裏切られたところでもはや傷つくこともない、というのがその理由であった。

それほどに柳田は人を信じていない。

そして男の素性を北神は知る由《よし》もなかったが、その暗い目が柳田に気に入られた理由だろうということは察しがついた。

車は北神に対する男の不快さを充満させて走った。北神はてっきり成城の柳田邸に向かうと思っていた。ところが着いたのは未だに夫人たちを残したままの加賀町の本宅の前であり、気の短い柳田は既に門の前に立って苛立たしげにステッキを震わせていた。

その両脇を数人の顔色の悪い青年たちが護衛するように固めている。これも転向左翼たちであるが、多くは東大の元秀才たちで腕力が全くないのが一目でわかる。

車が止まるや否や柳田がもどかしげに乗り込んでくる。

「遅い」

苛立たしげに言う。

「どちらに行かれます？」

暗い目の顔が抑揚のない声で言う。

「麻布第一師団だ」

柳田がその名を出すのも忌々しい、といわんばかりに言う。

「麴町の憲兵司令部ではなくて、ですか」

北神は先日、緒方という男に連れ込まれた場所の名を口にしてみた。

「皮肉か……」

柳田はぼそりと言ったまま口をつぐんだ。車はそのまま沈黙を乗せて走るとやがて第一師団の門の中に入っていった。第一師団の煉瓦作りの建物は震災で大破して建て直されたので麴町の憲兵司令部と比してまだ新しい。

運転手の男は師団営庭の片隅に停めた車の中に残された。

「彼はいいのですか、お連れにならなくて」

北神は車を降りると柳田に尋ねた。

「ふん、この建物の中に入っただけでも奴にとっては屈辱のはずだ」

柳田は嬉しそうに言って運転席の転向左翼の男の顔をちらりと見た。男は能面のような顔で車のハンドルを何かに耐えるように握っている。

この権力の走狗《そうく》となって苦しむ彼らの姿を見たいがために柳田は転向左翼を傍らに置いたのである。兵士たちが敬礼して柳田を迎え、絨毯敷きの広間に案内した。

さて、その北神たちが通された一室に居た顔ぶれの具体的な名については大おばのテープには実名も語られているのだが、ここでは歴史上の人物といって差しつかえない柳田國男以外はやはり匿名にしておくべきだろう。

中には一人だけ柳田以外では陸軍関係者ではない、戦後日本で初めて民放テレビを起こすことになる元警視庁官房主事が混じっていた。残りは全てかつて第一師団に属していた将校クラスの軍人たちである。かつて、というのは言うまでもなく関東大震災当時のことを言う。

「ふん、二度とこの顔ぶれが揃うとは思わなかったな」

柳田が何故か懐かしそうに室内を見回して言う。

「いや、残念ながら六人ほど欠けていますわ」

警視庁の男がまるで病欠でも告げるように言った。

「……六人に増えたのか……犠牲者は」

柳田は呻くように言う。

「いや、××中尉は次は自分の番かと恐れるあまり首を吊っちまいました。奴《やっこ》さん、宗一《そういち》の首を絞めたもんだからずっとノイローゼ気味でして」

宗一、とは大杉栄とともに殺された大杉の甥《おい》の少年である。警視庁の男が書類をめくりながら解説する。

「時にそちらの方は」

警視庁の男は職業病というよりはこの男の生来のものなのだろう、疑り深い目で北神を見上げる。

「儂の護衛だ。気にするな、身元は私が保証する」

「ふむ……こんなことが起きると互いに互いが信用できませんからな。その証拠にここにいる将校さんたちも皆、胸ポケットに銃を忍ばせている」

「な……何を……」

軍人の一人が憤然として言う。

「まあ、しかし、ここで互いに疑心暗鬼になって撃ち合ったらそれこそ首狩り女の思う壺……冷静に対策を練りましょう」

居並ぶ軍人たちを前に警視庁の男は全く怯まない。

「ふん……それにしても首狩り女というふざけた名は何とかならぬのか」

柳田は一番奥の上座に一つだけ空いたソファーに当然のようにどかりと腰を下ろした。

それがそのままこの会議に於ける柳田の地位を物語っている。

「いや、そういう浅はかな名を付けたからこそ生首を銀座の通りにこれ見よがしに捨て置くなんていう派手な事件の報道を押さえつけられるのです。柳田先生もお書きになっていたでしょう、日本人は明治維新からこちら側、とてつもなくおしゃべりで噂好きとなったって……だから事件が洩れても民俗学でいうところの世間話だ、でひとまずごまかせる」

警視庁で情報操作に長く関わり、戦後はこの国に一大メディア帝国を築き上げることになる男が、その将来発揮する才能の一端を垣間見せるように言う。

この男だけが冗舌である。

「さて、ここに集まった私どもは、かの大杉栄一家殺しの下手人《げしゅにん》でありますが……」

「口が過ぎるぞ、貴様」

一番若い将校がさすがに苛立たしげに言う。

「おや……しかし事実でしょう。宗一の首を絞めた××中尉は首を吊ったが、その時、あの子の両手を後ろで押さえていたのはあんたじゃなかったでしたっけ……口が達者であんたたちに連行されても平然と政府を批判していた伊藤野枝の喉仏に銃剣の柄《え》を押しつけて砕いたのはそっちのあんただ……」

「もういいだろう……勘弁してくれ……」

年長の将校が懇願するように言う。

「まあ、下手人という言い方が過ぎたのなら謝ります。皆さんは国家のために、延《ひ》いては天皇陛下の御身の為に震災に乗じて騒乱を起こしかねない主義者連中を駆除したわけですから。しかも震災の混乱で山程の死者が出て一般民衆も朝鮮人や中国人を殺している。大杉一家が死んでしまってもそこはうやむやにできると踏んでいた。ところが、大杉が連れ去られたことを報知新聞が嗅ぎつけてスクープしちまった」

「ふん、報知が君とは懇意の新聞というところがあの時も引っかかったがな……」

将校の一人が言う。

「懇意だからこそ、その後も色々うまくやってくれたじゃありませんか。だが、あなた方に幸いだったのは報知の連中も主義者を連行したのは当然、憲兵隊だと決めてかかっていた点で。その連中の思い込みであなたたちは首の皮一枚繋がったことを感謝すべきです」

男は薄ら笑いを浮かべて言う。

「別に我々は罪を被っても良かった……国家のために信念を持ってしたことだ」

将校はそこまで愚弄されて苛立たしげに吐き捨てる。

「しかし……当時、麻布第一師団には秩父宮殿下がおられた……我らは自分たちの名を惜しんだわけではないっ」

別の将校が立ち上がり叫ぶ。

「まあ、皇室に害が及ぶのを恐れるのは帝国軍人として当然の振る舞いです。だからこそわたくしめが僭越《せんえつ》ながら隠蔽工作に一役、買ったわけです。憲兵隊にいて大杉夫婦を日頃から監視していた甘粕正彦が奇特にも皆さんの汚名を替わりに被ると申し出たのでわたくしは直ちに報知に大々的に書かせたわけです……」

警視庁の男は一同の傷に塩を摺《す》り込むような調子でねちっこく事件のあらましを蒸し返す。

「……もう、昔の話はいいだろう」

耐え兼ねるように一人の将校が脂汗を額に浮かべて言う。

「その通り。問題は誰がここにいる皆さんの命を狙っているか……ということです」

そう言うと男は一葉の写真を皆に示した。Mデパートのライオン像の前に置かれた生首である。口にはカードが差し込まれている。軍人たちは旧知の者の無惨な姿に目を背ける。

「おや、皆さんらしくもない。しっかり見ていただかなくちゃ困ります。何しろ、重要な手懸かりが二つ、ここには写っているんですから」

「……犯人の手懸かりだと」

一同、どよめき、見たくない写真に思わず目を向ける結果となる。

改めて見た写真にある者は青ざめ、ある者は胃液が逆流するのを堪えるかのように顔をしかめる。明日は我が身かもしれないからである。軍人たちが死人を見ても何も思わないのはただ自分の死を想像できないだけの話で死を超越しているからなどではない。そしてその反応は警視庁の男の悪趣味をいたく満足させたようである。

男は何度も頷く。

「さて、皆さんもお気づきのようにここに写っているのは生首と奇妙なカード。更にカードにはこんなマアクが描いてあります」

男はチョークで黒板にさらさらと三角形に眼の入った例の図形を描いた。

「……なんだ……これは」

「ヤハウェの眼……ユダヤ人の護符ともフリーメイソンのシンボルとも言われています」

「何だと……それでは今回の一件はフリーメイソンの陰謀なのか？」

今、聞くとどうにも電波系の会話であるが、ロシア革命そのものがユダヤ人の陰謀と真顔で論じられ帝国議会ではフリーメイソンについて議員が真剣に論じる、というのが実は戦前の日本の実情であった。

「馬鹿げている……この国の人間はユダヤ人問題をはき違えている。ユダヤ人問題とは国無き民にパレスチナの地を与えることを国際社会が認めるか否かであって、狂人の妄想たるフリーメイソン説に従ってしまえば隣の猫が白いのも全て彼らの陰謀になってしまう」

柳田だけは冷静に男に反論した。

「おや、さすが元国連統治委員だけあって国際問題にはお詳しい……」

柳田は貴族院書記官長を辞任後、新渡戸稲造の推薦で大正十年から関東大震災直前の大正十二年まで国連統治委員を務め、ジュネーブにいた。

柳田は男の皮肉にぎろり、と睨み返す。

男は首をすくめる。

「フリーメイソンはともかく、このマアクは事件がユダヤ人と何らかの関わりがあった人間の存在を匂わせている」

　思わせぶりに男は写真の中のカードを指さす。

「そういえば柳田さん、あなた国連時代にユダヤ人問題に首を突っ込み外務省の意向を無視してパレスチナ視察を強引に行おうとして辞任に追い込まれていますな」

　それは事実である。しかし何故、柳田がユダヤ人問題に関わろうとしたのかについてはどの評伝にも書かれてはいない。

「さて、写真からわかるもう一つの手懸かりは何か。この生首です。首と言えば……皆さん、何か思い当たりませんか？」

「……台湾だ」

「台湾の蛮族が首を狩る……」

　男に乗せられた将校たちが口々に言う。かつて台湾の先住民の一部に通過儀礼としての首狩りのフォークロアがあったとされる。しかしそれが必要以上に歪められて伝えられ大正から昭和期に於ける「蛮族」のイメージが出来上がったのである。

「……柳田さん、あなた確か……叔父さんが台湾の総督だったはずだ。台湾がらみでは色々とよからぬ噂も聞いた」

　よからぬ噂とはここでは総督府の人事に関わることであると思われる。

「何が言いたい……」

一同の視線が柳田に集まる。どうやら柳田は警視庁の男にはめられたらしい。この集まりははなから柳田の査問会議であったようである。

「そもそもあたしには最初からわからなかった……元貴族院書記官長とはいえ民俗学者のあなたが何故この顔ぶれの中に混じっていたのか」

一同は柳田を問いつめるように見つめた。

北神は静かに身構えた。

あれがくる、と思ったからだ。

「聞きたいか……」

柳田がくわっと目を開く。

「聞きたいか」

もう一度、呪文のように柳田は叫ぶ。

「話してくれ」

「話してくれ、柳田さん」

つられるように次々と男たちは叫ぶ。

柳田は一同を満足そうに見回す。

「聞かせてやろう、儂の話を……大杉殺しの隠された国家の大義を」

勝ち誇ったように柳田が言うと、部屋の中の空気がぎゅんと音を立てて渦を巻き始める。

「北神、おまえは表に出ていろ……」

柳田は背後の北神に命じる。

「おまえの力をこんなことで消耗したくない。ここで話してやるのはどうせお前の知っていることばかりだ……三つ数える間に廊下に出ろ。その前に儂が昔語りの発端句を口にすればお前もついでに儂の話を聞かねばならんぞ」

北神は無言で立ち上がると部屋の外に出た。扉を閉める瞬間、柳田の声が高らかに話の始まりを宣言した。

い、さる昔ありしか、なかりしか知らねども、あったとして聞かねばならぬぞよ。

ちらりと見えた部屋の中の光景はまるで金魚鉢を外から見たように歪んで見えた。柳田國男はこの話術を以て官界を生き抜き、貴族院書記官長にまでのぼりつめたのである。


十数分後、扉が開いた。腐った沼の如き臭いが扉から一気に噴き出した。

中では将校たちが恍惚とした顔でだらしなく椅子に座っている。

口許から白いよだれを流している者さえいる。柳田の「昔語り」に将校たちは丸め込まれたどころかすっかり魅せられたのであろう。彼らは以降、柳田のシンパとして行動することになるだろう。

だが一人だけ同じように歓喜の表情を浮かべながらしかし理性だけは失っていない男がいることに北神は気づいた。

柳田と同じ語り部の血筋の者か、とちらりと思った。

「さる昔ありしか、なかりしか知らねども、あったとして聞かねばならぬぞよ……か」

男は柳田の語った発端句を小さく呟いてみせた。するとほんの一瞬、男の前に小さな渦が巻いて消えた。男が大衆操作の術を獲得したまさにその一瞬を北神は目撃したのだが、戦後という時代を生きることにはならなかった北神にとっては男との束の間の関わりはそれ以上の意味を持たなかった。

無論、この物語にとっても。

「ふん……愚かな奴らめ。儂に話を乞うからああなるのだ。まして今は昼間。昼昔を語ってはいかんという禁忌があるのは夜語る昔話よりもはるかに人を呪縛する力が強いからだ」

柳田は廊下で待っていた北神が聞きもせぬのに言う。

「ここの連中は丸め込んだ、後はさっさとおまえは神戸の叔母さんを始末しろ……」

柳田はそれっきり無言で待たせてあった車に向かった。暗い目の男に行けと合図すると車は走り出した。

「菊富士ホテルに行ってくれ」

柳田は言った。

「私は送って下さらなくても結構ですよ」

「ふん……違う。あのホテルに宿を取る。神戸の叔母さんがそろそろ儂が加賀町の家にいるのに気づきそうな気がする。しばらく菊富士ホテルに泊まるから皆にはそう言っておけ」

柳田は運転席の男に命じた。北神は嘘をついて柳田を菊富士ホテルに誘わずに済んだのでほっとした。


色とりどりのカクテルのグラスにミラーボールの光が反射してくるくると回る。

目が回っているのか、世界が回っているのか滝子はもうとっくにわからなくなっていた。

「素晴らしい、君なら一夜で人気女優になれるよ」

元憲兵大尉とは思えぬダンディーな出で立ちの甘粕正彦はダンスのリードも上手かった。

甘粕は何故か右腕をスーツの懐に入れたままでステップを踏み、滝子はマリオネットになったように片手だけでリードされた。

立花は滝子を甘粕に引き合わせると、そそくさと姿を消していた。

「お上手ね、ダンスが」

「例の一件の刑期を切り上げてこっそり釈放された後はずっと巴里《パリ》にいましたからね……」

「巴里？」

「ええ、ずっと踊って暮らしてました……大杉くんのように。彼もダンスが好きだった」

「ずいぶん懐かしそうに言うのね……だって大杉栄はあなたが殺したのでしょう?」

酔いが回った滝子は呂律《ろれつ》の回らない口で訊いた。

「ぼくと彼との間には深い絆があるのですよ」

「男の友情ってやつ?」

「それとは少し違いますよ」

「じゃあ何よ……女?」

甘粕は滝子の手をとりくるくると回転させる。

「やっぱり女なんだ」

滝子は思い切り背を反らしながら言う。

「そう……ぼくと彼は同じ女性を愛しました」

「恋敵《こいがたき》ね」

「だからこそわかりあえるのです」

「どんな女……大杉栄と甘粕正彦に同時に愛された女って……さぞかしいい女なんでしょうね」

一瞬、甘粕の動きが止まった。そして、愉悦に満ちた声でこう言った。

「ええ、それはもう……何しろ山人の女ですからね」

滝子は反射的に甘粕の手を払った。

「……あんた……何者?」

「ですから、大杉殺しの甘粕正彦ですよ」

「そんなこと訊いてるんじゃない……あたしに近づいたのは北神が目的ね……」

「さすが。勘のいいお嬢さんだ」

「北神は殺させないわよ」

「まさか」

甘粕は首を振った。

「嘘おっしゃい」

「嘘ではない……私は北神くんを誘いに来たのですよ。あなたなら知っているでしょう？　山人たちの住める場所はもうこの国にはない。だから私は満州に北神くんを改めて誘いに来た……」

「……どういうこと」

「満州は私のような罪人でも受け入れてくれる。だったら山人だって受け入れてくれるに違いない。私は私の愛した山人の娘のためにも、満州を山人のための約束の地にしようと思っているのですよ」

甘粕の切れ長の目から覗く鋭い眼光が銃の照準のように滝子を捉える。

「……そんなの……まやかしよ」

滝子は甘粕の瞳に飲み込まれないようにダンスホールの床に足を踏ん張って言い返す。柳田の語りの魔力とはまた違う語りの魔術が波のように足許に押し寄せて、滝子の足を攫おうとする。

「そう……満州など所詮、まやかし。偽国家です。陸軍の愚かな野心が築かせた偽の王国であることは子供だって知っています。けれども私はそのまやかしの国家を本物の国家にしたい。北神くんだっていつまでも柳田の使い走りをしていたって仕方がない。私は彼を満州の実質的な最高機関として間もなく設立させる満州映画協会に幹部として迎え入れてもいいと思っている」

「馬鹿みたい……何で映画会社が満州国を支配できるの」

滝子は甘粕の爛々《らんらん》と光る目を必死に見据えて言う。

「映画はないこと、をあることのように映し出せるからですよ。ちょうど柳田國男の昔語りのように ね……」

「……出たわね、本音が。それがあんたの目的ね」

「ええ、包み隠さず申し上げましょう。偽国家、砂上の楼閣《ろうかく》に過ぎない満州をあるもののようにするには昔語りの力と映画の力の二つを合わせることで初めて可能になるというのが私の考えです。そのためには北神くんの昔語りの力が私には必要だ」

「……北神は……もう昔語りをしないわ」

滝子はしかしそう言ってしまって、しまった、と思った。

たちまち甘粕は歓喜の表情を浮かべる。

「……ではやはり彼は……語り部なのですね。睨んだ通りだ……柳田國男が表向きは破門にしながら決して手放さない兵頭北神という男こそが一つの国を支配できるにふさわしい語り部なのではないかと私は確信していたのですよ。お嬢さん……北神くんを是非とも説得してくれたまえ。彼の語り部の力を借りられるのなら、我が満州国は全ての山人を受け入れた六族協和を国是に掲げる用意があると……」

いつの間にかダンスホールの音楽は止み、誰もが放心したように甘粕の演説に聞きほれていた。

「……ふん……あんたも少しは語り部の血を引くようね」

「……柳田國男や北神くんほどではありませんがね……」

「……お断りよ」

滝子は足に纏わりつく演説の名残を蹴散らすように足を振り上げる。

「おや……私の演説に心を動かされないのはあなたが初めてですよ。あの溥儀でさえほんの数分で嬉々として操り人形の皇帝となったのに……」

「日頃、柳田の狒々爺の昔語りにつき合わされているもの……悪いけど甘粕さん、あなたの話術くらいじゃ心は動かされない……あたし、帰ります」

滝子はそう言うと踵を返した。途端に音楽が鳴り響き、人々は思い出したように踊り出した。

「……私は諦めませんよ」

滝子はけれどそこでふと思い出して甘粕を振り返った。

「おや、もう気が変わりましたか」

「……ううん。一つだけ関係のないこと訊いてもいい？」

「何なりと」

「あなた、ステッキガールの女の子に声をかけた？ イートン・クロップに刈り上げた」

「さあ……たくさんの女の子に声をかけましたから。何しろ一大映画帝国を作るのですから女優はたくさんいります」

「だったら、銀座のステッキガールでイートン・クロップのちょっと頭が足りなそうな女があなたの名刺を持って訪ねてきたら満州に連れていってあげて……」

「構いませんよ」

「お願いね」

それだけ言うと滝子は表に続く階段を上っていった。

北神が菊富士ホテルに戻ると滝子の姿はなかった。立花に連れられ甘粕に会いに行ったからである。同潤会アパートに戻っている、という嘘の伝言だけがフロントにあった。北神は怪訝に思う前に安堵した。

柳田は菊富士ホテルの食事を貪《むさぼ》り食うと早めに床に入った。さすがに寝られぬ夜が続いていたので憔悴し切った様子である。

深夜。柳田の寝る二階の部屋の扉がすっと開く。手拭いを頭から被り、端を銜《くわ》えて女が入ってくる。白粉の匂いが部屋に充満する。女が寝台に近づく。そして手にしていたサーベルを頭上に振り翳《かざ》した。その瞬間、布団の中の人物が女の腹を蹴り上げる。女の手拭いがはらりととれ、月明かりに男の顔が浮かび上がる。そして男もまた同じ月明かりで寝台の上にひらりと舞った男が柳田國男ではないことを知る。

「……あんたか……」

男は仕込み杖を構え、音も立てずに舞い降りる。

「邪魔をするならあんたも斬るぜ、兵頭北神」

「女」はサーベルを振り下ろす。しかしその声は女ではない。男である。

北神は鞘に剣を収めたままサーベルの一太刀を受けとめる。鞘にサーベルの刃が食い込み離れない。「女」は力任せにサーベルを引くが、北神はそのまま杖に込めた力を緩める。すると「女」はちょうど合気道で投げられたような格好となり床に倒れ込む。

「貴様……何故、仕込み杖を抜かぬ……俺をなめているのかっ！　丸腰の民間人をサーベルで殺したとなれば俺の名がすたる」

「女」は叫ぶ。白粉が汗で流れて男の肌が露わになっている。

「人を殺すために剣は抜かぬ」

北神は呟く。

「ふざけるな、大杉殺しの柳田一派の走狗の男が……だったらその剣は何を斬るっ！」

男は叫ぶ。

「……この世にあってはならぬもの……」

「何だと……」

「なかりしものなのにありしものとされ、現世に跋扈《ばっこ》する言霊たちを斬る……」

北神の目が男をとらえる。光の筋が男の臍《へそ》のあたりから臍の緒の如く一筋、伸びているのが目に入る。

——ならば斬ってみよ。

闇の中で囁くような声がした。

光の糸の先で部屋の空気が一瞬で凝縮する。そして闇は更に深い闇の塊となり、そこに女の笑い顔だけが現れる。続いてそれは女の姿となる。手と足がすらりと長い。

それだけでない。

白く長い足が闇にくっきりと浮かび上がる。男は入れ替わりにかくんと倒れる。

現れたのは柳田邸で見た二人目の女である、と気配で知れた。室内の空気がどろりと粘り気のあるものに変わり、北神の身に数百数千の蛭《ひる》の如く纏わりついた。女はうっとりとした顔で北神を見る。

――へぇ……やっぱり山人の男だ……山人の男は死んでしまったと思っていたけどねぇ……しかも山人殺しの柳田國男の手下とは……落ちぶれたもんだねぇ。

女は赤い口唇をひきつらせて笑う。

凝縮した空気が更に渦を巻き北神に絡みつく。

「……そう言いながらもずいぶんと嬉しそうじゃないか……俺をあんたの仲間だと思ったからかい……」

北神は言った。

――仲間？　冗談じゃない。裏切り者のあんたと一緒にしないでくれ。あたしは山人の女だよ……山人の男たちを殺された恨みを晴らすために里の男を心中に誘い、女には心中をそそのかし、母親から赤子を奪っては殺し、そして……今度は山人殺しに手を染めた連中を一人一人殺していってるんじゃないか。

女の顔は般若のように変わる。白目のところが赤く黒目のところが白い目をかっと見開く。

「……違う……儂は魔子の許に行きたかっただけだ……山に連れていって欲しかっただけだ……だから農商務省に入り山野を歩き、そして山人を研究する民俗学を作った……それも全ておまえたちの一族に近づきたいがためだ……」

柳田が這うようにベッドから出てきた。

――おや……そんなところにいたのかい。おかしいと思った……糸はあたしと繋がっているのにベッドの中にこの男がいたのは妙だと思ったよ。

女は左手の小指を示した。さっきとは違う鈍く赤く光る糸が現れ、たちまち柳田の小指に絡みついた。

「おお……やはり儂は山人に誘われる運命にあるのか……」

柳田の狂気と愉悦の混然とした顔が窓から入る月の光に照らし出された。

「連れていってくれ……儂を神隠ししておくれ……」

柳田が女の方に縋るように這っていく。

――いいとも……。

女は赤い糸をくるりと柳田の首に回す。

そしてくい、と引く。

糸に引かれ柳田の身体が宙に浮く。

――すぐに楽にしてやるよ。

「おお……」

柳田の袴の股間が濡れる。失禁したのであろう。

月明りの中で柳田は悶絶する。

そして不意に女が振り向く。

——何故、止めない？　あんたの師が神隠しに遭おうとしているのだよ……それとも山人としての本分にようやく気づいたのかい……だったら……あんたがあたしの替わりに殺《や》るかい……。

北神は仕込み杖の柄に親指をかけた。

「……やめろ……お前に神隠しされても儂は山人にはなれない」

呻くように柳田は言う。

「……見苦しい」

ぼそりと北神は言った。

——なんだって。

「なんだと」

女と柳田は同時に答えた。

「いくらあなたが神隠しに遭いたくてもその女はあなたをどこにも連れていってはくれませんよ……ただそうやって見えぬ糸できりきりとあなたを苦しめるだけだ……」

北神は静かに言う。

「そんなことはない。儂には神隠しに遭いやすい気質が……」

「……それは全てただの話です」

北神に纏わりついた空気が一瞬、弛む。

「馬鹿を言うな……儂が幼い頃に何度も何度も神隠しに遭いかけたのは本当の話だっ」

柳田が喚くように言う。

「いいえ……ただの話です……」

北神は柳田と女に近づく。

「そして……神戸の叔母さん……あんたも……ただの話だ……」

女の白い瞳が一瞬、怯む。

――くっくっくっ……おもしろい……あたしがただの話なら山人のあんたはどうなんだ……あんたもただの話じゃないのか。

「……いいや、山人は歴史だ。忘れられた歴史だ。この国にまつろわぬ民がいて天皇家よりも先にこの列島に栄えた。それは本当にあった歴史だ……」

――おかしなことを言う……歴史だってただの話だよ……語り伝えられたことだけが本当のことなんだよ……帝の一族が万世一系だっていえばそれで本当のことになる。彼らが朝鮮半島から海を渡ってきたことなどなかったことになってしまう……。

北神の口許が歪む。

「あんたと話しているとまるで柳田先生と話しているようだ……だが……山人はいる……そして神戸の叔母さん……あんたはいない。あんたは柳田先生の昔語りの魔力であることになっているなかったものに過ぎない」

そう言い放った瞬間、北神に纏わりついた空気が弾け飛んだ。

「……北神……お前……まさか……」

――許さない……そんなこと。

女の手にしていた糸が柳田の首を離れる。そして、蛇のように太くなり北神の首に絡みつき頸動脈に容赦なく食い込む。

――ほうら、苦しいだろ……痛いだろ……あたしがこうやって糸を引いているからあんたは苦しんでいる、だからあたしはいるんだ……。

「……いいや……いない……」

北神は言った。

「糸の端を引いているのは……ほら……そこにいる柳田先生だ」

北神が振り向いた窓の前で鬼の如き形相の柳田が赤い糸をきりきりと引いている。

「見たな……北神」

ラフカディオ・ハーンの怪談の如くに呟く。

そして続いてその口からはぶつぶつと呪詛《じゅそ》の如き言葉が洩れる。

「とんと昔」

「さる昔」

「ざっと昔」

「こわ昔」

「あったおね」

「あったぞん」

「あったげな」

「あったとさあ」

昔話の発端句。なかったものもあったものも全てあったものとする呪句である。それこそが近代を呪縛し続ける柳田民俗学の魔力の根源でもある。

この呪句が言霊となり北神に襲いかかる。

「無駄ですよ……先生……」

北神はそう言うと左の掌を柳田に示した。

その瞬間、女がひいっと声にさえならぬ声を上げて部屋の隅に逃げる。

「夢二さんに描いてもらいました……」

そこには竹久夢二の筆によるヤハウェの眼がくっきりと描かれている。

だが、柳田の口から放たれた言霊は脅えたかのように北神を遠巻きにするのみである。

「な……なぜだ！　なぜ儂の言霊をおまえは寄せつけぬ」

柳田は狂ったように叫ぶとまた呪句を繰り出す。

「そんなユダヤ人の呪いなど……」

「いいや……これはユダヤ人の呪いなんかじゃない……柳田先生、あなたは、『遠野物語』の前文に自分で何て書いたか覚えていますよね……加減せず感じたるままを書きたり……そう記したはずだ」

「それがどうした」

「何故、見たるままではないのです？　あなたと袂《たもと》をわかった田山花袋ら自然主義文学者たちはまるで写生のように物事を見たるまま書こうとしたはずだ……それなのに先生は『遠野物語』の前文には見たるままとは書かなかった……あなたは遠野に足を運び自分の目で遠野を見たはずなのに」

「そ……それは佐々木鏡石《ささききょうせき》の話を聞いたままに書いたからだ……」

「違う……見たままに書いたら昔話は成立しない。なかったものをあったことにはできないっ！　見てしまっては昔語りはできないのだ」

北神は叫んだ。

「だからあんたはこの目が恐かったんだ」

もう一度、北神はヤハウェの眼をかざす。

「くっくっくっ」

柳田が嬉しそうに笑う。

「さすがだ……さすが儂が見込んだ男だけある……儂の昔語りを……儂の民俗学をそこまで理

解しているのは北神、お前だけだ……だが……目がなければ見ることはないっ！」

柳田はそう言うや二本の指を立て、自らの目を突こうとした。しかしその手を北神が捻る。

「駄目だ……あなたは見なくちゃ駄目だ……あなたがやったこと……そしてこの国の行方を……あなたには見る責任がある」

「ならば北神……その女をその言霊をお前はどうやって返す？」

「先生……あなたが表の語り部なら私は裏の語り部です……」

北神は静かに呟いた。

「……まさか貴様……ムカシオトシの呪文を使う気か……それを使えば物語によって支えられているこの国の歴史に軋みが入るぞ……軋みはやがて……亀裂に……そして……」

柳田と女の声が悲鳴を上げるように同調する。

「仕方ありません……」

そう言うと北神の口唇が微かに動いた。その呪文をここで記すことはできない。

仕込み杖が一閃《いっせん》する。そして次の瞬間、鞘に収まる。

赤い糸が切れた。

女は慌てて闇の塊に転じた。

「逃げられないよ……逃げようったって現世にあんたの居る場所はない」

北神は闇の塊に近づきそう宣告した。

——それでもあたしはいるんだ……このあたしがなかったことに戻ってもまた誰かが別のあたしをすぐにあるものにする……だってこの国は死に憑かれているからね。

もう一度、月明かりに剣が光った。闇の渦の中に浮かぶ女の口唇が真っ二つになる。日本語のどの文字にも収まらぬような声で女は叫び声を上げた。

その瞬間、灯かりがついた。

隣室との壁が観音開きに開けられている。部屋を二間続きでも使えるホテルの仕掛けである。

滝子が飛び出してきて北神に飛びつく。

「もう……はらはらさせないで」

「何だ、帰ったんじゃなかったのか……」

「あたしが北神の側を離れるわけないでしょ」

滝子は何より先に北神がどこにもいかないように腕を思い切り絡める。

「……首狩り女の正体は……その軍人さんだったのか」

隣室から入ってきた晴雨が言う。化粧がすっかり剝げ落ちて放心する緒方威彦の顔がそこにあった。

「いいや……その軍人さんは神戸の叔母さんに操られていただけだ」

「魔子ではなかったのか」

夢二がよろよろと遅れて入ってくる。

「神戸の叔母さんは魔子の分身のようなものだから……魔子に操られた、ともいえる……」

北神は夢二をちらりと見て言う。

「……魔子だと……今、魔子と言ったなっ！」

正気を取り戻した柳田がいきなり叫ぶ。

「魔子はこの世のものなのだな、北神」

柳田の瞳にまたちらちらと狂気の炎が灯る。

しかし北神は答えない。

「そう……ここに揃った男たちは皆、魔子に魅せられちまった者たちだ。これに亡くなった大杉さんが加われば全員だ……」

夢二が替わりに呟く。

「ば……馬鹿な……俺は陸軍憲兵隊に大杉殺しの汚名を被せ自らは私腹を肥やす腐り切った連中に天誅《てんちゅう》を与えていただけだ……俺は自分の意志で行動したっ！」

同じように正気を取り戻した緒方が叫び、再び柳田に飛びかかろうとする。しかし北神が仕込み杖でその足を払う。

「自分の意志なら何故、わざわざ首を狩って殺した？　何故、三角形の目玉のカードを置いた？」

「……首を狩ったのは台湾の山岳民族を……フリーメイソンのマアクはユダヤ人を連想させる

からだ……どっちも柳田への警告だ」

緒方は床にあぐらをかいて言う。

「……何故、大杉殺しの背後に柳田先生がいると知っているんだ」

北神が緒方に問い質す。

緒方はあっ、という顔をして言葉に詰まる。

「やはり君も魔子に操られていたのだよ」

夢二が呟く。

「魔子なんて女は知らん」

「魔子という名じゃないかもしれない。あの名は大杉さんの娘の名を借りたものだからね……」

晴雨が言った。

「そう……なのか……」

柳田が晴雨を振り返る。

「そうさ。あんた、山人殺しの陰謀をたくらんでいる割には何も知らないねえ。大杉はあの山人の少女に同じ年頃の自分の娘と同じ名を付け、そして更に甥の宗一にいつも少女の格好をさせていた。それも全て魔子をあんたたちから守るためさ……」

「それで麻布の馬鹿どもめ、宗一を誤って連れてきたのか」

柳田は呻くように言った。

「なあ、軍人さんよ……あんた、こんな女を近頃、抱かなかったか」

晴雨が緒方に近づいて例の春画を見せた。

「……ステッキガールの少女……」

緒方は呟いた。

「何だと……やはり魔子はステッキガールをしていたのか……」

柳田は喚いた。

「ね、あたしがあの屋根裏部屋で耳打ちした通りでしょ」

晴雨が言う。だが柳田は聞いていない。

「貴様、魔子と寝たのか……」

柳田はステッキを緒方に振り下ろそうとする。その手を晴雨が捻った。

「何をするっ」

「誰か他の男と寝たからといっていちいち怒ってちゃ山人の女とはつき合えませんぜ、柳田さん」

「は……離せ」

柳田は忌々しげに晴雨の手を振りほどいた。

「さて、役者が揃ったところで百物語といきましょうか……」

晴雨が言った。

「百……物語だと……」

柳田の目が光る。

「そう……蠟燭《ろうそく》を一本つけて消える前に百の話をする」

「何について話す……」

「無論、あたしたちの魔子についてさ……」

「いいだろう……」

柳田が歓喜の声で言う。

「……俺は関係なさそうだな」

北神は立ち上がる。

「あたしもね……」

滝子は後を追う。

「待ってくれたまえ、北神くん……」

夢二は北神を呼び止める。

「その前に君に伝えておきたいことがある」

「そうだ……肝心なことを忘れていた。あたしたちがあんたを引っぱり出したかった本当の理由だ……聞いてくれ、北神さんよ」

晴雨が言う。

「北神くん、お願いだ」

「俺は聞いても何もできないよ……」

北神は微笑む。

「それでもいい……君に聞いてほしい……聞いてくれればぼくの命が消えてもぼくの想いは消えない……だって君は語り部じゃないか」

「俺はもう語らない」

「それでもいい……聞いてくれ」

夢二はゆっくり立ち上がり、懐からヤハウェの眼を取り出す。そしてゆっくりと語り出した。

「ぼくがそのマアクを自分のシンボルのように使っていたのは知っての通りそれがユダヤ人の護符だからだ。ねえ、北神くん。ぼくは小さい頃から自分にユダヤ人の血が混じっているんじゃないかって疑っていた……聞いたことがあるだろ？　日本人の祖先がユダヤ人ではないかという仮説……」

夢二が言っているのはいわゆる日猶《にちゆう》同祖論であり、戦前の日本では思いの外、広く信じられた日本人起源説である。

「そういうと皆笑うが、ぼくが一つのところ一人の女に留まれないのは故郷を喪失した迷い人の血のせいだとさえ思う。君たちは今、ドイツで何が行われているか知らないだろうが、ユダヤの人たちは胸に黄色い星をつけることを強《し》いられ、鉄条網で囲い込まれている。既にヒトラーは国家の名の下《もと》にユダヤ人全てを間引こうとしているのだ。ぼくにはそれがまるでお葉から聞かされた山人や、それからお葉とともに殺された台湾のセイダッカの人々のようにも思えたのだ」

少女画でのみ今は名を残す竹久夢二が若き日、後に大逆《たいぎゃく》事件の中心人物となる幸徳秋水《こうとくしゅうすい》らの「平民新聞」に関わったことがあることは評伝には小さくだが必ず記されている。魔子を愛した二人の男、アナキスト・大杉栄と少女画家・竹久夢二の接点はこの時にまで遡るのである。

昭和八年、二年前からアメリカ、ヨーロッパを転々としていた夢二はドイツで台頭するナチスとユダヤ人の弾圧を目の当たりにする。そして「望春、千九百三十二年伯林《ベルリン》客中記」と題された日記を遺している。日記にはこうある。

ウクライナのボルシュをのみにいつたら二マルク八十片とられる。猶太《ユダヤ》人の橄欖《かんらん》の葉を入れたボルシュはもう食へない。ナッチに追はれて店をしめていつたのであらう。避雷針のついた鉄兜をきたヒットラーが何を仕出かすか、日本といひ、心がかりである。

ひるめしをボエームへ食ひにゆく道々、店のガラス窓に不審紙にいろいろすつたものが貼りつけた。ドクトルの名札にも、Judeとか✡のマアクをガラスへペンキで描いたところもある。殆んど気の利いた店はみんなそれだ。チコチンの家はといつて見るとここにも赤紙だ。展覧会はとてもおじやんであらう。それはとまれ、世界のよろんがどう動くか。どこか猶太人の住む土地はないか。猶太国の建設が見たい。ぞろと街を歩く人のぶきみさ。葬列よりも重く寂しい。思ひ上つたナチスの若者の、鉄兜の銭入をがちやつかせていく勇ましさも何か寂しい。

それでお前は幸福になれるであらうか。

「ドイツでも日本でもまるで示し合わせたように同じことが起きている。民族が違ってもやることは皆、同じだ。日本もドイツももう死の臭いしかしない。そのことをぼくは君に伝えたかった……」

「俺には何もできない」

「そうだ、その男には何もできぬ」

柳田國男が勝ち誇ったように言う。

「ヨーロッパ人がやがてユダヤ人を弾圧することなど儂はとうに気づいていた。だから国連統治委員時代にそれを確かめに行きたかったのに外務省の馬鹿どもが止めおって。台湾に旅行した時にもこの目で見た。台湾の先住民たちを山に囲い込んだのは大陸から移ってきた漢民族ではないか……日本は新しい為政者としてその政策を引き継いだに過ぎぬ。異端のもの、まつろわぬ者を淘汰《とうた》せねば国が一つになれぬ、そういう時代を世界はあまねく迎えているだけの話だ。

山人抹殺は歴史の必然だ……」

「……そんな歴史ならぼくは生きていたくない」

夢二は消え入るような声で言った。

北神は無言で立ち上がった。

「北神くん……それでも……それでも忘れないでいてくれたまえ。山人たちの運命を……ユダヤ人や台湾の山の民の運命を。やっぱり君は語り部なのだから……」

夢二は縋るように北神の背に向かって言う。

だが、北神は無言で扉を閉めた。

「言ったろう……奴には何もできぬと……それより始めようではないか、百物語を……」

狂気に満ちた柳田の声が菊富士ホテルに響いた。

再び夢二の日記から。


私はまた外国へ来てはじめて歴史をも学んだ。日本について、日本画について、そして西洋の国民民族について、そして自分について、なんといふこれはおそい勉強であらう。私のやうに独学のものは、いまごろ、やつと人間の歴史のうらをやつと知つたといふわけだ。いや知つたのではない。知りそめたのだ。

鐘をききつゝ。朝。

ドイツから帰朝した夢二はそのまま体調を崩し病に倒れた。にも拘《かか》わらずその秋には台湾に旅行を強行している。その台湾での宿には偶然なのか皇室下命の絵の取材に来ていた藤島武二の姿があったと夢二の評伝の一つは記す。晴雨とともにお葉をモデルとして愛人として共有した三人目の画家である。晴雨が同じホテルにあったか否かの記録はない。

夢二の体調はそのまま戻らず、翌昭和九年一月、スーツケースに身の回りの荷物だけを詰めて一人で信州の富士見高原療養所に向かい、そのまま自らの足で入院し、そして帰らぬ人となった。

窓から富士山や八ヶ岳の見える病室で何故だか夢二はカステラの箱の蓋などに山の絵を静かにスケッチし続けたという。

女の絵は描いていない。

昭和九年九月、竹久夢二、逝く。

大おばのテープはそこで終わった。夢二の悲しい死を以て物語は閉じられたのである。

しかし、私は少し奇妙な気がした。それは大おばの語りの最後に結末句がなかったからだ。

どっとはらい、とも、とっぴんぱらりのぷう、とも大おばは言わなかった。

それは昔語りのルールに反しているように思えた。

それでも私はこの神戸の叔母さんと魔子の物語を繰り返し繰り返し聴いた。柳田國男や兵頭北神が大おばの語りの中ではまるで生きているかのように、あることのように語られているからだ。

ある日、私は擦り切れるほど聴いたテープを巻き戻していた時、奇妙な声を聴いた。

再生のテープデッキはフリマで手に入れた中古品だということは前に記した。巻き戻す時は声は再生されないのだが、その時はどうしたわけか逆回しで声が再生された。逆回しで、そして何倍かのスピードで再生されているのだから当然、それはただの意味のない音の連なりになるはずだ。

ところが私の耳に突然、少女の声が飛び込んできた。聞き違いかと思い慌ててテープに耳を澄ますと、やはりはっきりと少女の声が聞こえてきた。そしてそれは明らかに一つの連なった昔語りを始めたのである。勿論、逆回しのテープが意味のある言葉になるはずはない。

けれどもテープの声ははっきりと物語り始めたのだ。それを私は聞きたるままにここに記しておく。

お前の顔を見ていると誰かを殺したくなる、とある男は言った。でもそう言った男はあたしの顔を見てはいなかった。それで、あたしはああまたあの女が来ているのだな、と思った。じゃあ、これであの子たちの首でも刎ねれば、とあたしは手斧を男に差し出した。あの子たち、とはあたし以外にもう二人、そこにいた男の子と女の子で、それは多分、その男の子供だ。男の子はあたしになついていたのであたしに言われるままに地べたに横たわり炭焼き用の薪《たきぎ》の上に首を置いた。少し頭の足りない女の子も従った。

男は一瞬躊躇ったが、ひい、と悲鳴を上げながら斧を男の子の首筋に振り下ろした。

きょとん、とした顔の男の子の首があたしの前に転がった。

「ひゃっひゃっひゃっ」

男は今度は猿のような喚き声を立てて斧を隣の女の子に振り下ろす。

女の子は何が起きたのかようやく理解し慌てて立ち上がろうとした。それで男の手許が狂ったので斧は振り向いた女の子の額を正面から真っ二つに割った。

そして、男は二つの死体を指さして、お前のせいだ、お前のせいだ、とあたしをなじった。

それがいつの頃かなんて忘れてしまった。場所だってわからない。ただ人里離れた深い山の中だ。覚えていないのではない。

第一、いつ、とか、どこ、というのはあたしにとってはあまり意味のないことだ。年号とか土地の名前とか「いつ」や「どこ」をめぐる呼び名はその時々の為政者が一方的に名付けたものだ。

あたしたちの一族はその外にいた。だからあたしはあたしの名をずっと持っていなかった。

あたしに魔子という名をくれたのは大杉のパパだった。あたしに戸籍がないのを不憫《ふびん》に思って生まれたばかりの自分の娘にも同じ名を付けて、「なあに、その都度、必要な方が戸籍なんて使えばいい。戸籍なんて二人で一つあれば充分だ」と笑った。

あたしは大杉のパパの一番新しい愛人だった。

大杉のパパはアナキストだったけれど、消費の美徳を何よりも愛し、あたしに思い切り贅沢をさせてくれた。彼はまずあたしに赤い靴を買ってくれた。それから東京中を食べ歩き、思い切り着飾った。毎日、甘いお酒をたくさん飲み、ダンスをした。アナキズムだ、革命だとお題目を少しばかり唱えてやるといくらでもお金を出す連中がいるんだ、と大杉のパパは笑った。奴らは資本家でものを生産してばかりいるから、何も作らないただ消費するだけの俺たちに憧れるのさ、とも言った。

俺たち、とまるで共犯者のように言われたのがあたしには嬉しかった。

だから今でもあたしは大杉のパパがあたしのために作ってくれた歌を時々、口ずさむ。

それは巴里のラ・サンテ監獄に三週間、収監された時に作った歌だ。

伯林のアナキスト大会に出席する、と大杉は奥さんに嘘をついて偽造パスポートを持って船と鉄道を乗り継いで上海までいってフランス船アンドレルボン号に乗った。これはあたしが大杉におねだりした、あたしと大杉のハネムーンだった。船では毎日ダンスばかりしていた。伯林のアナキスト大会に出席する気なんて大杉には当然なかったから巴里に着いたあたしと大杉はまた飲み歩いた。そしてあたしがあんまりワインを飲ませ過ぎたので酔っぱらった勢いで大杉はメーデーの集会でつい演説してしまい、逮捕されてしまったというわけだ。
国外退去が決まるまで毎日、面会に行ったあたしを慰めるために大杉はあたしのための歌を作ってくれた。

魔子魔子
パパは今
世界に名高い
パリの牢やラ・サンテに。

だが、魔子よ、心配するな
西洋料理の御馳走たべて
チョコレートなめて
葉巻スパスパ、ソファの上に。

そしてこの
牢やのお陰で

喜べ、魔子よ
パパはすぐ帰る。
おみやげどっさり、うんとこしょ
お菓子におべべにキスにキス
踊って待てよ
待てよ、魔子　魔子。

あたしは大杉の歌を聞いてあたしが歌の中にあるもののようにいることが嬉しかった。最後にいた隠れ里が焼かれ、あたしがたった一人だけ生き延びた時、あたしはもう山では生きていけないと思って里に下りた。

ネオンサインや蓄音機《ビクター》から流れるジャズや香水の香りやリボンやそんなものの中で生きてみたいとあたしは思っていた。そうして実際、たくさんの男に貢《みつ》がせてそれはそれでとても楽しかったけれど、あたしは満たされなかった。ここはあたしの居場所じゃない、といつも思っていたのだ。

巴里に行きたいと駄々をこねたのもそのためだ。巴里の葡萄《ぶどう》酒も砂糖菓子もあたしを満足させてはくれなかったけれど、あたしはようやくあたしの居場所を巴里で発見した。それが大杉の歌の中だ。

あたしは山でもなく、里でもない、つまり「いつ」でも「どこ」でもないあたしの居場所をとうとう見つけたのだ。

大杉があたしの歌を歌う時、あたしはあたしがそこにいる気がしたのだ。

その頃の大杉は淀橋署の刑事たちをまるで子分のように引き連れていた。彼らは一応は大杉の尾行をしていることになっていたのだが大杉の方から近寄って話しかけてるうちにすっかり打ち解けてしまい、刑事たちは毎朝「先生、今日はどちらにお出かけですか?」とその日の予定についてお伺いを立てる始末だった。

大杉のパパは奥さんとそれからあたしを囲った菊富士ホテルを行ったり来たりした。憲兵隊の男があたしに色目を使い出したのはちょうどその頃だった。

爬虫《はちゅう》類のような目をした男でいつも右手をポケットに入れていた。男も大杉を尾行していた。名は甘粕正彦と言った。

甘粕はいつもあたしと大杉を取り巻く刑事から離れたところであたしたちを監視していた。大杉のパパを監視しているはずの目があたしの身体を舐め回すように見つめる目に変わるのにそんなに時間はかからなかった。

ある日、あたしが側にいるのを忘れてしまったかのように大杉のパパが刑事たちとカフェで革命談義に花を咲かせていたのに退屈したあたしは、表の通りであたしを見つめる甘粕の姿に気づいた。いつものように懐に右手を差し込んで甘粕は立っていた。あたしはこっそりテーブルを離れて表に出た。そして甘粕の前に立った。

「何故、いつも右手をそうやっているの」

「心臓の音を感じているのだ……生きていることを確かめるために」

甘粕は言った。それであたしは彼のことが気に入ってしまった。

「あなたも一緒にカフェでおしゃべりすればいいのに。パパが何でも奢ってくれるわ」

あたしがそう誘うと甘粕は、

「私はいつか大杉を殺さねばならないかもしれない。だから彼と仲良くなるわけにはいかないのだ」

と言った。

「大杉のパパを殺すの？」

「そうだ」

「何のため？　お国のため？」

あたしは甘粕の目を見て彼を試すように言った。

「君が欲しいからだよ、魔子」

甘粕ははっきりとそう言った。あたしはどんな男に抱かれた時よりもその時、一番、ぞくりとしたわ。

「もう一度、言って」

「君が欲しいから大杉を殺す」

甘粕は蜥蜴《とかげ》のような目であたしを捉えたまま言った。

大杉のパパを最後に見たのは地面が大きく揺れて東京の町が一瞬で廃墟《はいきょ》と化した日のことだった。どんなに着飾ってダンスを踊っても里の生活があたしの居場所ではないと感じていたのは、きらびやかな服や食べ物は本当にあるように誰もが信じているけれど実は一瞬で消えてしまう不確かなものだとあたしは気づいていたからだ。

大杉は菊富士ホテルに来てあたしに背格好の似ていた大杉の甥に当たる宗一にあたしの洋服を着せた。

「どうしてそんなことをするの？」

「震災の混乱に乗じて山人狩りが行われる、という噂が流れている」

「……山人？」

「そう魔子、君のように山に棲み、ずっと里と交わらずに暮らしてきたもう一つの日本人だよ」

あたしはその時、初めてあたしたちが山人というものなのだと知った。

「何故、山人が殺されなくてはならないの」

「一つの国が一つの民族からなる一つの秩序であることを人が望む時代がやってきたからだよ。そのためには異端を狩らなくてはならないんだ」

あたしは何度も隠れ里を焼かれて追われた時のことを思い出し、ああ、と納得した。

「誰がそんなことを望んでいるの？」

「人民だよ」

大杉は悲しそうに言った。大杉が革命など信じていないのはそういう訳だったのだ。

大杉は宗一の手を引いて、あたしを大杉の家からも菊富士ホテルからも遠く離れた避難所に残し、去っていった。大杉はあたしに振り向き「さようなら」と言った。その時、あたしは大杉の行く先にあの女が現れたのを見た。

ああ、大杉のパパは殺されるんだなあ、とあたしは思った。だったらせめてあの甘粕正彦が殺してくれればと思った。それから幾日もの間にあたしはあちらこちらであの女を見た。大杉の言う「人民」たちは徒党を組んで竹槍や鳶口《とびぐち》で「自分たちと違う者」たちを殺していった。彼らはみんなあの女につき動かされていた。

二週間が過ぎただろうか。不意にあたしの前に甘粕正彦が一人でやって来た。

「大杉が死んだ」

甘粕が言った。

「あなたが殺したの？」

「いいや……間に合わなかった」

悲しそうに甘粕は言った。甘粕にあの女は寄り添っていなかった。この男は誰も殺してはいないし殺されることもないのだ、とあたしは思った。

「ぼくと一緒に居てくれないか」

「あなたはあたしにどんな歌を作ってくれるの？」

あたしは歌の中でしか生きられないからそう訊いた。

「歌？」

甘粕は困った顔をした。

「歌は作れない……」

「じゃあ、何が作れる？」

甘粕は考え込んだ。

「……キネマ……」

ぽつりと甘粕は言った。

「それは素敵」

あたしはわくわくした。歌の中にあたしがいるだけであんなに気持ち良かったのだからキネマの中にあたしがいたらどんなに素晴らしいだろう。

「でも今すぐは無理だ」

甘粕は俯《うつむ》く。

「だったらキネマを作れるようになったらあたしを迎えに来て」

あたしは甘粕と約束した。

甘粕正彦が何故、大杉のパパを殺した犯人としての汚名を被ったのかその辺の事情はあたしにはわからない。だが大杉殺しの汚名を引き受けることで甘粕はもう一度あたしに求愛したのだ、と思っている。


柳田國男に会ったのはその後だ。

「こんなところにおったのか……大杉め……身替わりを殺させよって」

避難所にやって来た紋付き袴のその男が忌々しげに言ったので、あたしは大杉のパパを本当に殺したのはこの男なのね、と理解した。

そして男は一変して、「儂を覚えているだろう?」と、あたしに縋るように言った。

「覚えていないわ……」

あたしは額が禿《は》げ上がって口髭《くちひげ》を生やしたこんな男に馴れ馴れしくそう言われたのが嫌だった。

「儂は……四十年前、お前が神戸の叔母さんのところに行く、と言った時についていった子供だ……」

あたしは改めてその男の顔を見た。やっぱりその顔に見覚えはなかったけれど、神戸の叔母さんという名には聞き覚えがあった。

あたしが売られた娼館の遣り手婆だ。そういえばあたしたちの後をついてきた小さな子供がいて追い返されたのをぼんやりと思い出した。

当たり前だ。あんな小さな子が女を買うには早すぎるもの。

「……それで四十年間捜し続けてあたしを買いに来たの？」

「そうだ……ずっと儂はお前を捜してきた……山人たちの隠れ里を訪ね」

「山人を殺し……」

あたしが言うと男は言葉に詰まった。

「それもこれもお前に逢いたかったからだ……」

「何故、そんなにあたしに逢いたかったの……」

「山に行きたかったのだ……儂を山に連れていっておくれ」

男はあたしの足許に縋って草履の鼻緒に頬擦りをした。

「何故……山に行きたいの？」

「……儂に山人の血が流れているからだ。だから儂は他人や世間と折り合うことができなかった」

男は同情を引くように言った。だが男の手や足はあたしのように長くはなかった。一目で男の言っていることが嘘かそうでなければ思い込みだ、ということがわかった。

「山には戻らないわ……」

あたしは言った。

「で……では里で一緒に暮らそう……」

「あなたはあたしにどんな歌を作ってくれるの？」

あたしは男を品定めするように訊いてみた。

「歌は捨てた……」

男は言った。

「だったら駄目ね」

「だが昔語りならできる」

「昔語り？」

「儂はあったこともなかったこともあったこととして語ることができるのだ」

「まあおもしろそう」

それがあたしの失敗だった。

「ならば語ってやろう」

男はにたりと笑った。そうしてあたしと男の出会いについて一方的に語り出した。

男から昔語りを聞かされるとあたしはあたしの心が縛られてしまったことを悟った。あたしはもはや男には抗えず、男の後をついていった。

男はあたしを逃さないように毎夜、毎夜、昔語りを語ったが、それは大杉のパパの歌と違って少しも楽しくなかった。男はいつもあたしと神戸の叔母さんの思い出話を壊れた蓄音機のように飽きずに繰り返した。だが神戸の叔母さんは娼館の女主人で里の人間だからとうに死んでしまった。

あたしがどうして齢をとらないのかはわからない。稀《まれ》にそういう子がいる、何しろあんたたちは人魚を食った比丘尼《びくに》の子孫だからね、と神戸の叔母さんはよく言ったものだ。いいじゃないか、一生、春が売れて。あたしなんかほんの数年しか春は売れなかった、そう呪うように呟きもした。

ある日のことだ。柳田はいつものようにあたしを囲ったアパートであたしを陵辱《りょうじょく》するように昔語りをし、そしてそのまま立ち去った。

あの男は昔語りであたしを犯すのだ。

一人残されたあたしはふと部屋の中に人の気配を感じた。

いいいや、あの女が立っていた。だが女の様子がいつもと違った。何故なら気配がするのだ。

今まであたしが見たあの女は陽炎《かげろう》のようで、人の気配は少しもなかった。ただ誰かが誰かを殺そうと思った時、まるで背中を押すように現れるのだった。

だが、目の前にいる女は声もあり、触れれば肉もある。何より窓から入る月明かりがタイルの腰壁《こしかべ》にくっきりと影を作っている。

「あんたは誰」

「神戸の叔母さん」

あの女は言った。

「嘘よ。あんたはあたしの知っている神戸の叔母さんなんかじゃない」

「あんたが知っているかどうかはあたしには関係がない。だってあたしは柳田があると言ったからここにあるんだ」

あの女はそう言って笑うと部屋から出ていった。あの女がその後何をしたのかあたしは知らない。ただ、あたしは恐ろしくなって部屋を逃げ出した。そして柳田の昔語りの呪縛から身を解くためにあたしは夢二の許を訪ねた。山人の女の絵を描いているのを見たことがあるからだ。

夢二はあたしを見て狂喜し、もう一人、晴雨という別の画家を連れてきた。あたしは絵の中に描かれることで、絵の中にあることで柳田の昔語りから逃れようと思ったのだ。

だが柳田の昔語りの力はそんなやわなものではなかった。柳田はあたしを見つけることはできなかったが、すぐに神戸の叔母さんはあたしを見つけた。そしてとうとうあたしは女に言った。

「どうしてあたしをつけ回すの?」

「だってあんただけはまだ人を殺していない」

「あたしは誰も殺したくはないわ」

「本当かい？　例えば大杉を殺した男たちが憎くはないかい。大杉がどんなふうに殺されたか話してやろうか」

「聞きたくないわ」

「いいや、聞かせてやるよ。あることのように」

言うや否や女は語り出した。


三屍等シク急死ノ状態ヲ呈シ、頸部臓器ノ損傷高度ナルヲ以テ、該部ノ絞圧死因タルコトハキワメテ明瞭ナリ。

水中ニ於テ発見セラレシ皮膚ノ所見コレニ一致スルモ、肺・胃腸ノイズレニモ溺死液ノ浸入ヲ認メラレズ、死後屍ヲ井戸ニ投ゼルコト確実ナリ。

男女二屍ハ首ニ麻縄ヲ堅ク纏絡《てんらく》シ、一見コレヲ以テ絞殺セシ如クナルモ、生前受傷ノ確徴該部皮膚ニナク、他ノ方法ニヨリ喉頭部ヲ鈍体ヲ以テ窒息セシメタルモノト思考ス。

男女二屍ノ前胸部ノ受傷ハ頗《すこぶ》ル強大ナル外力ニ依ルコトハ明白ナルモ、コレハ死ノ直接原因ニハ非ズ。

然レドモ、死ヲ容易ナラシメタルハ確実ナリ……。

あたしの目の前に首にロープを巻きつけられた大杉の死体が現れる。続いてあたしの身替わりになった宗一と、それからあたしという愛人の存在を何故か許した奥様と……。

「ほうら、あることのようだろう……よくごらん」

あたしは目の前の光景に釘付けになってしまった。


それからのことは覚えていない。

あたしは坂の上で不意に目を覚ました。塔が坂の上に見えた。大杉があたしを囲った菊富士ホテルだ、とあたしは思った。

その時だ。

長身の、あたしの倍ほどもあろう男がゆっくりと近づいてきた、懐かしい匂いがした。男にはもう一人、女がへばりついている。女は恨めしそうにあたしを見た。

「……魔子か」

男は何故かあたしが大杉から貰った名を知っていた。あたしは驚いて男を見て言った。

「あんた……山人ね。驚いた……山人の男はもう生きていないと思っていた……男は殺され、女は慰み物になるって神戸の叔母さんが言っていた」

「その名を口にしない方がいい。昔語りの中にいると口にする限りなかったものさえあったことになる」

男は言った。

「あなたは何故、あたしがここにいるとわかったの？」

あたしは男が何もかも知っているふうだったので訊いてみた。

「……糸を辿ってきた」

「糸？」

男は宙を指さした。白い光の筋が微かに菊富士ホテルの方から揺れている。そしてその糸の端はあたしのお腹に繋がっている。

「まあ……」

あたしは少し恥ずかしくてお臍の上を押さえた。

「糸はずっとついたままなの……」

不安になったあたしは男に訊いた。

「間もなく消えるよ」

男は言った。

「そうしたら君は自由だ」

あたしは山人の男を見るのは久しぶりなので囲われてもいいと思った。

そして、

「あなた、歌は作れて？」

と訊いてみた。

「いいや」

男は言った。

「絵は」

「いいや」

「キネマは」

「作れない」

「それならあなたは何ができるの？」

「ただ生きていくだけだ」

男は悲しく微笑んだ。

「それじゃあ、だめね」

「他の男を当たってくれ」

「糸が消えるまで一緒にいてくれる？」

「いいわよ……少しだけなら」

男にへばりついている女が言った。

「手を握ってもいい？」

「だめよ」

また女が言った。それからあたしたちは三人で空を見上げた。あたしは男の横顔を見てそし

て、

「ああ、この人の顔どこかで見たことがあると思ったら麒麟に似ているんだ」

と夢二に連れてってもらった動物園のことを思い出した。そして明日また麒麟を見に行こうと思った。

どっとはらい。


逆回しのテープはそこで切れた。あたしは慌ててもう一度、テープを巻き戻し逆回しにしてみたけれど、ただ早口の逆回しの言葉が再生されるだけだった。

何度繰り返しても同じだった。

どっとはらい、という結末句とともに魔子とおぼしき少女の昔語りは消えてしまった。

あたしはふと窓を開けてみた。

塀の向こうから麒麟が顔を出していた。そして黄色くなった銀杏の葉っぱをはむはむと食べた。

それからいくつかの本を調べてみた。大杉に魔子という娘がいたこと、夢二の晩年のモデルに魔子という少女がいたことはわかったけれど、それは昭和の初めにはありふれた名前だったからそれ以上のことは何も言えない。だから魔子がその後どうなったのかわからない。

ただ、私はふと想像してみる。

甘粕正彦が魔子の前に跪《ひざまず》き、彼女の赤いハイヒールにキスをして「さあ、キネマを作る準備ができましたよ」と囁くのを。そうして魔子は厳かに手を差し出し、甘粕はずっと懐に入れたままの右手を出してうやうやしくそれを受けとめるに違いない。

何故、そんな想像をしたのかわからないけど、赤い靴を履いていた女の子は港から船に乗って異人さんに連れられて行ってしまうと決まっているからだ。

甘粕正彦が異人なのか、と言われては困るけれど、やはり彼はこの国に居場所がなかったという点で異人だったのだ、と思う。

勿論、満映の女優に魔子の名はない。だが、そんなことを詮索しても仕方ない。だってこれはあったこともなかったこともあったこととして語る物語だから。


どっとはらい。

小説版・偽史三部作から、『北神伝綺』の最初の小説版をお届けする。

と、書きだしてみて、考えてみれば、まんが版や旧小説シリーズの読者とは別に、今回は森《もり》美夏《よしなつ》さんのカバー画に魅《み》せられて手に取って下さった初見の読者も幾許《いくばく》かはおられるだろうから、昔からの読者には申し訳ないが、おさらいとして少しこのシリーズについて説明をしておく。

「偽史三部作」とは森美夏さんの作画で一九九四年から描き始められた『北神伝綺』を最初のシリーズとし、『木島日記』『八雲百怪』と続き、最後の「八雲」まんが版は、二〇二一年十月刊行の第五巻で完結した。

一方で『木島日記』小説版は、『木島日記』（二〇〇〇年、KADOKAWA）、『木島日記　乞丐相』（二〇〇一年、KADOKAWA）、そして雑誌初出から二十年ぶりの刊行『木島日記　うつろ舟』（二〇二二年、星海社）がある。

続く偽史三部作『北神伝綺』の一つめの小説版が本書、そしてもう一冊、近く刊行の『北神伝綺　石神問答』（二〇二二年、星海社）がある。いずれもゼロ年代初頭、雑誌連載され、今回が初めての書籍化だ。

それとは別に実は『木島日記　もどき開口』(二〇一七年、KADOKAWA)があるが、ほとんど知られない。これは版元のKADOKAWAの要請で「完結篇」と銘打って出されている。こちらは『木島』『北神』を合わせた最終章にはなっているが『木島日記　うつろ舟』のラストの挿話をふまえると作中の世界が定義できる。

『八雲百怪』については、今のところ小説版はない。

さて、偽史三部作は、①実在の民俗学者を狂言回しとし、架空のキャラクターとバディを組ませ、②いわゆる「偽史《ぎし》」や「オカルト」といった、シリーズが始まった前世紀末の時点でとうに手垢の付いた題材(「トンデモ本」という言い方があった)を敢《あ》えてモチーフとする、という二つの基本方針からなる。狂言回しの民俗学者は『北神伝綺』は柳田國男《やなぎたくにお》、『木島日記』は折口信夫《おりくちしのぶ》、『八雲百怪』は小泉八雲《こいずみやくも》が登場する。

当然だが、ぼくは偽史信奉者ではない。だからこそ人が偽史やそれが醸し出す陰謀にどう魅せられていくのかが興味深い。描きたいのはそういうものに魅せられ足を掬《すく》われ、逆に政治利用さえしようとする人と時代であって、その点で本シリーズはいわゆる「民俗学ミステリー」とは、やや、趣きを異《こと》にはする。

どこかで書いたがぼくの民俗学上の師である千葉徳爾《ちばとくじ》は、柳田國男の直接の弟子だが、生前ぼくに「民俗学とは偽史なのだ」と不意に語ったことがある。それは二つの意味があって、一つは、民俗学という言説は、人が、自分が帰順したい甘美な歴史をいささかロマン主義的につくり出す脆《もろ》さがあり、その点で偽史の魅惑に近いゆえ、扱いに注意が必要だということ。そしてもう一つ、事実として、戦時下、偽史作家の一部が柳田國男に接近していたことの意味への注意だ。戦時下、柳田の周辺には左翼からの転向者が集まったことも千葉は指摘していたが、「炭焼日記」という戦時下の日記には「偽史」関係者の名が散見する。

その問題については『偽史としての民俗学』（二〇〇七年）にまとめたが、文庫や電子にはなっていないから興味のある人は、ブックオフの類《たぐい》で探してほしい。

ぼくは、柳田の学問は一方では普通選挙のための主権者教育運動という、ぼくが柳田を学んだ時点ではむしろそちらが自明であった「公民の民俗学」としての側面と、「先住民」や「海上の道」に魅せられる「ロマン主義的民俗学」の二極からなるとしばしば説明するが、前者については『柳田國男民主主義論集』（平凡社ライブラリー）、後者は『柳田国男　山人論集成』（角川ソフィア文庫）に、柳田のそれぞれの方向性での代表的論考をアンソロジーとして組んだので興味のある方は何かの折に手にとってみて欲しい。

だから注意していただきたいのは、「偽史」三部作において、柳田や折口や八雲はあくまでもその名を借用した全くの虚構であって、この三部作から手軽に民俗学や彼らの学問の知識を得ようというのは困る。フィクションの中の人や出来事は、現実に近い顔をしていてもキャラクターであり、だからこそ偽史三部作では柳田はシリーズを通してのボスキャラとして、「物語」

と「歴史」に介入しようとする怪人なのである。

ちなみに柳田の弟子で山人に魅せられ、戦時下の一時、大陸にあったという点で、先に出たぼくの師の千葉徳爾のキャリアと北神は重なるが、モデルというわけではない。極めて少数のぼくのマニアックな読者には自明だが、兵頭北神は兵頭沙門の血統であり、沙門について書くとまた長くなるから割愛する。


この『北神伝綺』は『木島日記　うつろ舟』と『北神伝綺　石神問答』同様にゼロ年代に書かれ、『メフィスト』二〇〇一年一月号〜九月号に連載した。二〇年ぶりの刊行だが、「封印」というより出版社の刊行予定から忘れ去られていたもので、僅《わず》かに「読みたい」といって下さる方もいるとわかったので、三作いずれも初めての刊行となった。

本書『北神伝綺』は、初出の状態から誤字脱字等を修正したのみで、プロットなどの大きな変更はない。カバー画は森美夏先生にお願いしたが、雑誌連載時の初回の扉イラストのイメージでという無理を聞いて下さった。ありがとうございます。

本書に於いて、現在のコンプライアンスを基準にした時、必ずしも適切でない表現が含まれる場合、二十年前の作品であること、時代背景や世界観の描写には不可分であることから初出のままとしています。

作中には柳田國男『山の人生』、『故郷七十年』、『遠野物語』及び竹久夢二『夢二日記』からの引用がある。引用に際し一部表記を改めた部分がある。

本書は、『メフィスト』に２００１年１月～９月にかけて掲載された『北神伝綺』に加筆修正を行ったものです。

北《ほく》神《しん》伝《でん》綺《き》

2022年8月29日　第1刷発行

著者　大塚英志《おおつかえいじ》 ©Eiji Otsuka 2022

発行者　太田克史《おおたかつし》

編集担当　太田克史

編集副担当　守屋和樹《もりやかずき》

ブックデザイン　円《えん》と球《きゅう》

校閲　鷗来堂《おうらいどう》

発行所　株式会社星海社
〒112-0013 東京都文京区音羽1-17-14 音羽YKビル4F
TEL　03-6902-1730　FAX　03-6902-1731
https://www.seikaisha.co.jp/

発売元　株式会社講談社
〒112-8001 東京都文京区音羽2-12-21
販売　03-5395-5817　業務　03-5395-3615

印刷所　凸版印刷株式会社

製本所　大口製本印刷株式会社

ISBN978-4-06-529102-3　N.D.C.913　296p　19cm　Printed in Japan

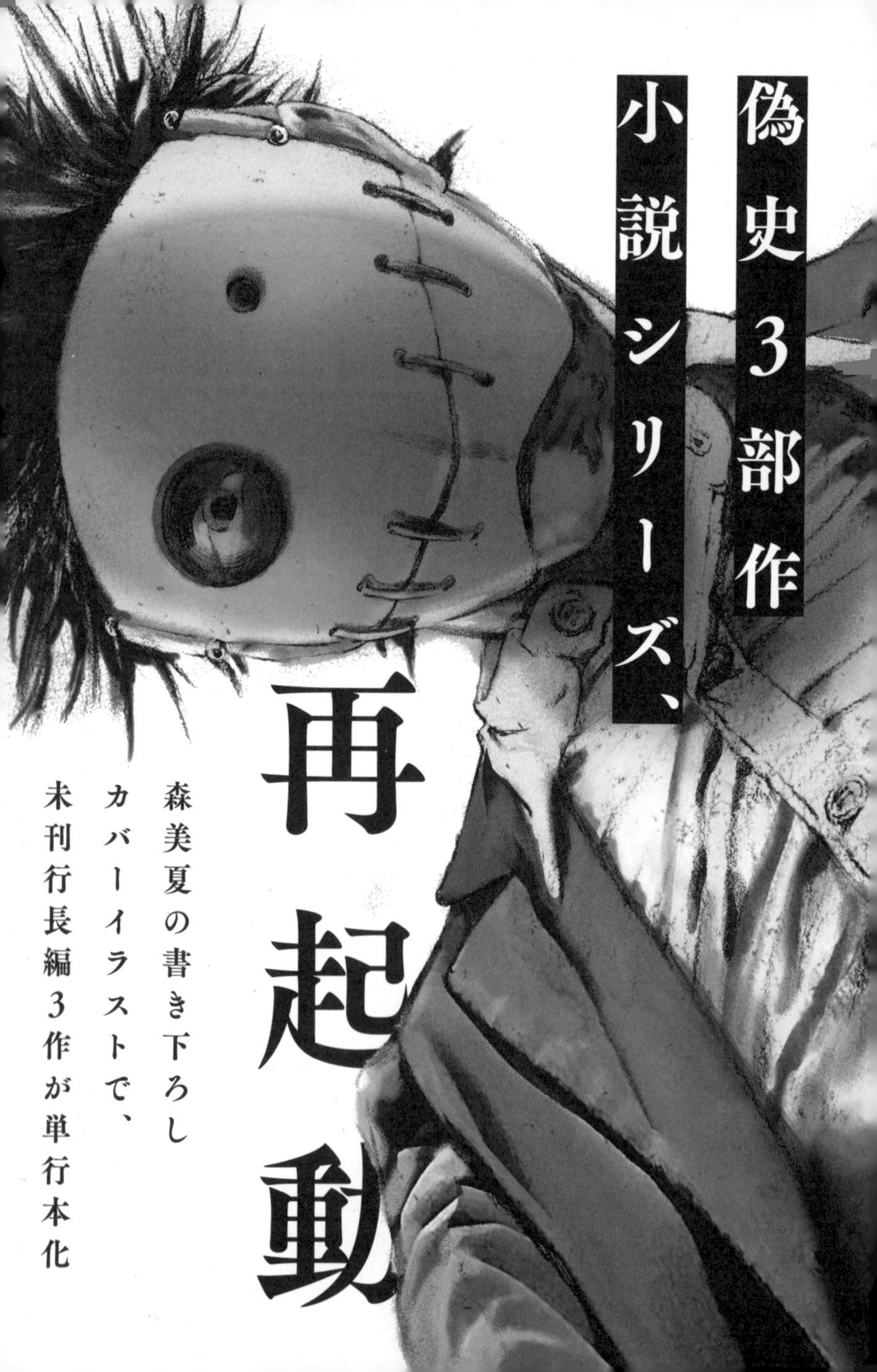
偽史3部作
小説シリーズ、
再起動
森美夏の書き下ろし
カバーイラストで、
未刊行長編3作が単行本化

2022年7月刊行

『KADOKAWAミステリ』連載版未刊行長編

『木島日記　うつろ舟』

2022年8月刊行

『メフィスト』連載版未刊行長編

『北神伝綺』

2022年9月刊行

『ザ・スニーカー』連載版未刊行長編

『北神伝綺　石神問答』